ベリーズ文庫

生涯、愛さないことを誓います。
～溺愛禁止の契約婚のはずが、女嫌い御曹司が甘く迫ってきます～

美甘うさぎ

JN230011

STARTS
スターツ出版株式会社

目次

生涯、愛さないことを誓います。
～溺愛禁止の契約婚のはずが、女嫌い御曹司が甘く迫ってきます～

生涯、愛さないことを誓います。
〜溺愛禁止の契約婚のはずが、
女嫌い御曹司が甘く迫ってきます〜

プロローグ

彼は誰も信用せず、冷たく心を閉ざしていた。

お互いの利害が一致した理由で始まった不思議な契約結婚生活。

偽りの関係をひたすら演じる日々――。

契約をしたからには、妻として役割をきちんと果たしたい。

「なら、もっと仲良いところを見せつけようか」

彼はそう言って私の体を引き寄せる。

彼がつけている香水のシトラスの香りが私の鼓動を速くさせた。好きになってはいけない……そう分かっているけれど。

「これ以上近づかないでください……」

「それは、俺にドキドキしているって意味？」

薄茶色の透き通った瞳に見つめられると視線を逸らせない。

「わざと妬かせようとしているのか？」

普段よりも低い声に、もしかしてヤキモチを妬いているのかと勘違いしそうになる。

「俺はさっきからキスしたいのを我慢している」

彼の言葉ひとつで簡単に揺れ動く心。

……だけど、やっぱり彼を好きになってはいけなかったのだと痛感する。

叶うことのない出口の見えない道へと進んでいるだけ。

だって、これは契約結婚なのだから……。

【偶然の出会い】

朝晩の気温が下がり、やっと過ごしやすい季節になってきた。

仕事に行くために長袖のワイシャツを着ることも億劫《おっくう》ではない。

「今日は、お姉ちゃん何時に帰ってくるの？」

「六時には帰ってくると思うけど、七時からバイトが入ってるからすぐに出なきゃいけないかな」

「レストランのバイト？」

「そう。夜ご飯は帰ってから食べるね」

「分かった。あんまり無理しないで」

毎朝、弟の直輝《なおき》と朝ご飯を食べるのが日課で、この時間だけはゆっくりできる。

朝ご飯は私が、夜ご飯は基本的に直輝が作る。

私は今二十五歳で、直輝は二十一歳。歳の差が四歳あるが、比較的仲の良い姉弟だと思う。

直輝の髪の色は暗めの茶色で体が華奢なのが特徴的で、目と鼻が私に似ているとよく言われる。家事全般はその都度できるほうがやることになっているが、朝から晩まで働いて家を空けてしまう私の代わりに直輝が協力的なのですごく助かっている。

大学三年生になり授業がない日もあるので、その日にまとめて洗濯をし、料理を作り置きしてくれているらしい。

実は――こんな生活をするようになったのは三ヶ月前から。

私たちの父親は、自動車部品やプラスチック製品を製造する会社の社長。創業者は父の父、つまり私の祖父で、父は二代目社長を務めている。

贅沢な生活をしていたかと言われると分からないけど、今思えばお金に困った記憶はない。やりたいこと、行きたいところなど制限なく自由にさせてもらった。私が大学を卒業して社会人に、直輝が大学生になったタイミングで父は更なる事業拡大に向けて計画を進め始めた。

数年前から経営について相談に乗ってもらっている知人から、新たな工場建設地に向いている土地を紹介された。

人気な土地で値段が跳ね上がっているが、知人だからという理由で特別に値下げして売ってくれるということだった。

その人は不動産関係の会社を経営していて、いつも相談に乗ってもらっている信頼関係があるので、父はふたつ返事でその土地を買うのを決めた。

工場を建設するほどの広大な土地なだけあって、父は知人に一億円を支払った。

——しかし、支払った翌日からその知人とは連絡が一切取れなくなってしまった。

相手は完全に行方不明になり、結局購入したはずの土地は購入できない土地だとあとから発覚。

土地のお金は銀行から借りたものなので、返済をしなければいけない。

計画では購入した土地に新たな工場を建設して利益が出る予定だったので、返済する術がなくなってしまった。

父は信頼していた人に騙《だま》され……多額の借金を背負ってしまった。

数百人の従業員を抱えているため、簡単に自己破産して借金をなかったことにはできない。

ある日、父の口から多額の借金を背負ったと聞いた。私も直輝ももう子どもではないので、できる限りの協力をしようと決めた。

とは言っても直輝は学生で、大学をやめて働かせられない。直輝は大学をやめて働くと言ったが、私が直輝の学費を払うと約束し説得。

母も朝から夕方まで近所のスーパーでパートを始めたので、今まで家事全般は直輝と私で役割を分担して行っている。

生活は一変し――家族みんなで借金返済に追われるようになった。

……そして人生というのは無情で、母がパート先のスーパーで倒れた。すぐに救急車で運ばれたため幸い命に別状はなかったが、検査の結果は脳梗塞《のうこうそく》。

体のしびれなどがあり、治療やリハビリが必要なため二、三ヶ月は入院が必要だと説明を受けた。

数時間して意識がはっきりしてきた母が申し訳なさそうに何度も謝るので……。

『家のことは心配しなくて大丈夫だから。私たちに任せて、お母さんは元気になることだけを考えてね』

母の手を両手で握りながら自分の気持ちを伝えた。

……私がしっかりしなきゃ。

どうして私たち家族がこんな目に遭わないといけないんだと現実から目を逸らしたくなるときもあった。

だけど、どんなに落ち込んだり辛くなったりしたとしても、変わらず時間は進み、明日は来る。

それなら、現実と向き合って前を向いて歩くしかない。朝の九時から夕方の五時までは新卒で入社した印刷会社の経理部で会社員として働いている。今年で入社して三年目になり、まだ分からない業務もあるが、一年目のときよりは少し慣れてきたと思う。

会社から家までは電車で三十分くらいの距離で、少し残業をしたとしても六時までには着く。

そこで早めに家に帰れたときは夜ご飯を作ったり、掃除をしたり洗濯をする。

父は会社を倒産させないために朝早くから夜遅くまで動いているので、家にいないことが多い。

なので、基本的に家族三人そろってご飯を一緒に食べるという機会はなくなってしまった。

私も夜から朝にかけてコンビニとレストランのふたつのバイトを掛け持ちしているので、この三ヶ月間はほとんど眠れていない。

母は病気で入院中で、弟はまだ大学生。社会人の私が動かなければいけない。

辛いし大変だしくじけそうになるけど……不思議なことに、家族のためなら頑張れる。

それはきっと、父や母が今まで私にたくさんの愛情をかけて育ててくれたから。

家族が困っているなら助けたい……必然にそう思っていた。

今日は七時からレストランのバイトが入っているため、昼間の仕事が終わって家に帰ったら支度をしてすぐにバイトに行かなければならない。

定時は五時なので残業をしなければ間に合うのだが……仕事がなかなか終わらず、会社を出たのは六時。

急いで家に帰り、到着したのは六時半を過ぎていたので直輝に今日の家事は任せ、私はバイトの支度を終えてすぐに家を出た。

レストランまでは電車で十分ほどで着くので、ギリギリ間に合った。

バイト先のレストランはいわゆるファミリーレストランではなく、大人の雰囲気が漂う高級レストラン。

フランス料理を扱っているお店で、賑やかな駅から少し離れた閑静な住宅街の中にある。

一応ドレスコードとして、デニムやスニーカーのようなカジュアルな服装だと入れない。

なので、お店に来るお客様たちは男性は基本的にスーツ姿で、女性はワンピースや上品な服を着ている人が多い。

私はホールを担当し、主に料理を運んだりお客様を案内したり接客をしたりしている。

「美鈴《みすず》さん昼間も働いてるんですよね？　さすがに疲れませんか？」

年齢が三歳下のバイトの女の子に心配され、私は「大丈夫だよ」と返す。

借金を返すと決めたからには、責任を持って働いて返したい。決して軽い気持ちで言ったわけではない。

朝も夜も働いているなんてなにか訳ありなんだろうなと思われているのは薄々感じているけど、父親に多額の借金があることは誰にも話していない。

父親の知り合いや私の友達の両親に会社を経営している人が何人かいて、借金のことを相談すればもしかしたら金銭的に援助してくれるかもしれない。

家族会議のときにその話が出たが、父は真っ先に『おまえたちに苦労をかけて申し訳ないが、私の大切な人に迷惑をかけたくないんだ』と断言した。

そのあとに、今回の騙された経験から、お金で信頼関係が一気に崩れてしまうと学んだからだと続けた。

『大切な人を巻き込みたくない』

――そう涙ながらに語る父の姿が、脳裏にしっかりと焼き付いている。

「有坂《ありさか》さん、今落ちついてきたからゴミ捨てに行ってきてくれる？」

「分かりました」

店長に言われたので、私は大きなゴミ袋を両手にひとつずつ持ち裏口のゴミ捨て場へと向かった。

カラスに荒らされないようにゴミ専用のコンテナがあり、重いふたを開け、そこにゴミ袋を投げ入れた。

お店の入り口も人通りが少ないが、裏口こそ人が通ることはほとんどなくもっと静かで明かりも小さく薄暗い。

そんな場所で、ザッと人が地面に靴を擦る音が聞こえた。

「あなたが、有坂美鈴さん？」

そのあとすぐに後ろから声が聞こえ、私は瞬時に振り返る。

すると、そこには見たことのない男の人がひとり……ではなく、三人いた。

二十代半ばから三十代くらいで、三人ともスーツを着ている。

顎《あご》に髭が生えているひとりがズボンのポケットに手を入れたまま、私のほうに近づいてきた。

めてくる。


「だ、誰ですか……？」

記憶を遡《さかのぼ》るが誰だかまったく分からない。けれど、なんとなく危険な感じがする。

私は少しずつ彼らから距離をとるために後ろに下がるが、彼らは遠慮なく距離を縮めてくる。

「あなたのお父さん、すごい借金してるの知ってる？　実はそのお金俺らのところから借りてるんだよね」

借金が一億円あるということは聞いてたけど、銀行から借りたのだと思ってた。

この人たちは見た目からして明らかに銀行員ではない。

もしかして、いわゆる闇金から借りてしまったの？

「借金のことは父から聞いてます。私も協力してきちんと返すつもりです」

たとえどんなところから借りてしまったとしても、借りてしまった以上返さないといけない。

「へえ～、物分かりがいい娘さんだねえ。じゃあさ、今すぐ今月分返してくれるかな？」

「……え？」

「今月分もう五日も滞納してんだよ。連絡してももう少しだけ待ってくださいの一点話しながらじわじわと距離を縮められ、離れるように後ろに下がっていたが、背中にゴミのコンテナが当たりそれ以上後ろに下がれなくなってしまった。

「うちもボランティアでお金貸してるわけじゃないから、何日も返してくれないと困るんだよね」

「すみませんでした。明日までに私が用意するので……」

「百万だよ、用意できんの？」

もしものときのために取っておいたお金があるからそこから出そう。

私が「用意できます」と言うと、顎髭の男は腰をかがめて私の顔をのぞき込んできた。

強いタバコの臭いがして、思わず顔をそむけたくなった。

「ていうか、近くで見るとかわいい顔してるじゃねえか」

至近距離でニヤニヤと見られ、嫌悪感でいっぱいになった。

「うわ、確かにかわいいっすね」

「スタイルもいいし、俺結構タイプかも」

後ろにいた男ふたりも近づいてきて、全身を舐《な》めまわすように見てきた。

どうしよう、さすがに怖くなってきた……。恐怖心から足が震えだす。

「分かった。延滞金チャラにしてやるからこのままついてこい」

「む、無理です！　バイトの途中なので……っ」

「そんなの関係ねえだろ。父親のこと助けるために協力しろよ」

両肩をつかまれ、身動きが取れないようにされてしまった。

「離してください……！」

身の危険を感じたので全身に力を入れて逃げようとするが、ビクともしない。男の人との力の差を痛感させられた。

このまま連れ去られちゃったらどうなるの……？

ただ話だけして帰してくれるとは思えない。想像しただけで血の気が引く。

すぐに返せるような金額じゃないから大変な思いをするとは分かっていたけど、まさかこんな命の危険を感じるようなことがあるとは思っていなかった。

大きな声を出せばお店の人が誰かしら気づいて助けに来てくれるかもしれないけど、借金もバレて、なにより危険な目に遭わせてしまうかも。

父が言ってたように、私も誰かを巻き込みたくはない。そうなると、仕方なくこの人たちの言いなりになるしかないのかな……。

――そう、諦めかけていたそのときだった。

「なにをしている？」

突然男の人の声が聞こえ、声がしたほうへ目を向けると……濃いグレーのスーツを着た男の人が暗闇の中から現れた。

そして、その人は暗闇の中でも分かるほどに異様なオーラを放っている。彼が現れた瞬間、空気が張り詰めた。

背が高く、スーツを着ていても分かるほど体格がよいのが分かる。

……誰かを目の前にして圧倒されたのは初めてかもしれない。

それは借金取りの人たちも同じで、三人とも一瞬動きが止まった。

この場にいる全員が――彼から目を離せなくなった。

彼はゆっくりと私たちのほうに近づき私の肩をつかむ男の腕をつかむと、低い声で「離せ」と口にした。

「おまえに関係ねえだろ？」

顎髭の男は挑発するように彼を睨みつける。

しかし、彼に挑発は効いていないようで、私の肩をつかむ男のもう片方の腕もつかんで離し、顎髭の男と私の間に入ってくれた。

彼は男たちよりも背が高く、おかげでまったく見えない。視界から男たちが消えただけで、だいぶ気持ちが落ちついてきた。

もしかして私を後ろに隠してくれたのかな……。

「そこどけよ」

表情は見えないが、男の威圧感のある声が聞こえた。

「そいつの親に大金貸してて返済日過ぎても返さねえんだよ。だから困ってるのはこっちってわけ」

「いくらだ」

「は？」

「いくら返せばいいんだと聞いてる」

「百万だよ」

私の親に借金があることを聞いて引くどころか、返す金額なんて聞いてどうするつもりなの……？

すると、彼は離れた場所に向かって「鞄を持ってこい」と言い放つ。

表の道へ続いている方からスーツを着て眼鏡をかけている男の人が黒い革の鞄を持って走ってきた。

彼はその鞄を受け取ると中から黒いポーチを取り出し――。

「これでいいだろ」

そう言って、顎髭の男に札束を渡した。

ちょっと待ってほしい。いったいなにが起きてるの……理解が追いつかない。

「あ、あのお金は私が明日用意するので……っ」

私がそう言うと彼は私に近づき、私にだけ聞こえるように小さな声で「いいから黙っていろ」と言ってきた。

だ、黙ってろ……？

庇《かば》ってくれたりお金を代わりに払ってくれたり優しい人なのかと思ったら、急に冷たい言い方をしてきたのでさらに頭が混乱してしまう。

「なんで関係のないおまえがこんなことするんだ？」

「ここはうちが経営している店だから、勝手なことされたら困るんだよ」

「は……？　この店を経営って……」

男はひとりで数秒なにかを考えたあと口を開いた。

「もしかして、おまえ峯島斗真《みねじまとうま》？」と、彼に恐る恐る質問を投げかけた。

まるで、その名前を口にするのも物怖じしているように見える。

「そうだ」

彼がそう答えると、さっきまで強気な態度だった男の表情が一変し、一気に青ざめた。

「どうしたんすか？」

「こいつヤバいやつなんすか？」

他の男ふたりは私と同じく状況を理解していないらしく、顎髭の男に問いかける。

「おまえらも知ってるだろ。あの峯島財閥の御曹司だよ」

「えっ⁉　あの財閥⁉」

すると、男は「おまえら行くぞ」と焦った様子でふたりを連れてその場から去っていった。

峯島財閥って、あの日本三大財閥のひとつの……？

普段からテレビやネットをあまり見ない私でも知っている。

このお店の会社の名前には峯島という名前が一切入っていなかったので、まさか名だたる財閥のグループ会社だったとは分からなかった。

この峯島斗真という人は、レストランを経営しているグループ会社の社長で峯島財閥の御曹司なのね。

あんなにしつこかった借金取りの人たちが焦っていなくなるくらい恐れられている存在。

ふと彼に視線を移すと、小さな明かりに照らされ彼の顔がはっきりと見えた。

髪の毛は黒く、奥二重で切れ長の大きな目に通った鼻筋。薄い唇の右下に小さなほくろを見つけた。

はっきりとした顔立ちで、ここまでかっこいい人を見たことがないため顔をジッと見るのすら恥ずかしい。

私が見ていたことに気づいたのか、彼が視線を向けてきたので、私は反射的に視線を逸らしてしまった。

「あの、助けていただきありがとうございました。お金は必ず返します……！」

どこまですごい人なのかはあまり分からないが、助けてもらったお礼はしないといけない。

「別に返さなくていい」

「お店にも迷惑をかけてしまうんじゃ……」

「俺が勝手にしたことだから店は関係ない」

「それとこれとは話が別なのでお金は絶対に返します」

関係ないと言うけど助けてもらったとはいえ、この人は峯島財閥の御曹司で手の届かない雲の上の存在。

そんな人とこれ以上深く関わってはいけないよね。

「とにかく次お会いしたときにお金は返しますので」

「あのなあ……」

「申し訳ありませんがバイトの途中なので仕事に戻りますね」

私は彼の話を遮って深々とお辞儀をし、バイトの途中だと思い出したので急いで裏口から店内へと戻った。

今思うと、彼が来てくれなかったら私はあのまま借金取りの人たちに連れ去られていただろう。

あのときは必死に抵抗すればなんとかなるのではないかと思っていたけど、正直肩をつかまれたときにどんなに力いっぱい動いてもビクともしなかった。

あの力の差だったら、他のふたりも協力して無理やり連れていかれていただろうと考えると……背筋が凍る。

『いいから黙っていろ』と言われたときは一瞬混乱したけど、結果的に助けてくれたので印象はいい人で終わっている。

彼が冷静に対処してくれたから大事にならずに済んだ。

このときの出会いは偶然だったのか、必然だったのか、それは誰にも分からない。
ひょんなことから関わった彼という存在がどれだけ自分の人生をかき乱すのか……
このときの私は、まったく分かっていなかった――。

【契約結婚の提案】


それから数日後——バイトのためレストランに出勤した。

スタッフのひとりに聞いた話によると、このあと峯島斗真さんが店長と打ち合わせをしに来るらしい。

つい先日お金を立て替えて助けてもらったこともあり、どんな顔をして会えばいいのかソワソワしてしまう。

しかし、ディナーの時間帯は平日でも混むので、彼のことを心配する暇もなく時間が過ぎていった——。

ホールを担当しているので、提供された料理を運ぶためにキッチンカウンターに向かう。

料理の提供を待っているそのときだった。

視界が急にぼんやりとし始め、頭がクラクラしてくる。

どうしたんだろうと思っていると、次第に体に力が入らなくなってきた。

すると、すぐに全身の力が一気に抜けて視界が真っ暗になるのが分かった。

私の体は言うことを聞かず、そのまま後ろへと倒れていく。そのときには意識がもうろうとしているので自分がどうなっているのか分からなかった。

――しかし、私は床に体を打ちつけずに済んだ。

なぜなら、誰かが私のことを抱きかかえるように受け止めてくれたから。

「おい、大丈夫か？」

後頭部と背中を支えられ、うっすらと目を開けて声の主を確認する。

――峯島斗真さんだった。

今すぐ起き上がりたいけど、体にまったく力が入れられないので全体重を預けるしかない。

「すみません、体に力が入らなくて……」

「顔色も悪いぞ」

完全に寄りかかっているから重いはずなのに、彼はただ私を心配そうに見つめる。

「ちょっと横になりたいです……」と言うと、「分かった」と彼が言う。

「えっ⁉　有坂さんどうしたの⁉」

この光景を見て驚いた店長の声が奥のほうから聞こえた。

彼が状況を説明し、休憩室まで私をお姫さま抱っこをして運んでくれた。

人生で初めてのお姫さま抱っこだったけど、残念ながら体調が悪くてドキドキできる状況ではなかった。

「救急車を呼ぶか」

「少し休めばよくなると思うので大丈夫です」

私はソファに横になると目をつぶりそのまま寝てしまった。

今までの疲れが相当溜まっていたのか、私は夢を見ることなくぐっすりと眠った。

どれくらい寝たのかは分からないけど、峯島さんと店長の声に気づいて目が覚めた。

だけど、バイト中に倒れてしまい、峯島さんにお姫さま抱っこをされた恥ずかしさから気まずくて目を開けられない。

「彼女は結構働いているのか？」

低く落ちついた話し方……峯島さんの声だと分かる。

彼女って私……？

「夜の七時から夜中の二時まで、週に三日から四日入っています」

「毎日ではない？」

「いえ、日中は正社員として働いているみたいです」

「寝る時間もなく働いているのか……」

峯島さんがそうつぶやいたあとすぐ、スタッフに呼ばれた店長が休憩室を出ていった音がした。

「ケホ……ッ」

私はあたかも今起きたように空咳をして目をゆっくりと開ける。

「体調はどうだ？」

私が寝ていたソファと直角になって置かれているソファに座っている峯島さんは、私の顔をのぞき込んできた。

倒れた私を受け止めてここまで運んでくれたのに、これ以上心配はかけられない。

「すみません……！」

私は勢いよく起き上がった。

「急に起き上がるな。まだ横になっていたほうがいい」

「もう大丈夫です！　バイトに戻らないと……！」

少し寝たら頭のクラクラもなくなってだいぶよくなった。

「店長には俺から今日はもう休むと話しておいた」

「え!?　でも、私もう元気になりましたよ！」

「動けるかもしれないけど、また倒れるぞ。そうしたらまたみんな心配する。結果的にそのほうが迷惑をかける」

峯島さんの言うとおりだ。この先ももっと無理して働いていたら今日のように倒れるだけでは済まないだろう。

「今日はもう休め」

峯島さんに念を押されたので、私は「分かりました……」と渋々返事をする。

「もっと自分を大切にしたらどうだ？」

「……大切に、してますよ……」

「倒れるほど自分を追い込んでいるのに？」

「別に追い込んでるわけじゃ……」

「ここ以外でも働いているんだろ」

すでに、私が日中は正社員として働いているのを峯島さんが知っているのは分かっている。

それでもこれは私の問題であり、峯島さんには関係ない。

私は返事もせずにただただうつむいた。

「親の借金を返すためなのか？」

しかし、峯島さんに確信をつかれてしまい、このまま黙り続けるのは難しそう。

私は——静かにうなずいた。

そして、重い口を開けて家族や借金についてすべて話した。

昼間は印刷会社で会社員、夜はレストランか近くのコンビニでバイト……こんな過酷な生活をしている人はいないだろう。

この三ヶ月……丸一日休んでいない。

ほぼ毎日朝から晩まで働いているのだからゆっくり休める日なんてない。

そりゃあ、身体を壊すに決まっている。

「俺が借金を返してやる」

突拍子もなく峯島さんがそんなことを口にする。

私があまりにも過酷な生活を送っていたから哀れに思ったのかも。

「いえ、自分で返すので大丈夫です」

私は即答で断った。

予想外の返事だったのか、峯島さんの瞳が少し揺れ動いた気がした。

「そうだ、次はいつこのお店に来ますか？」

「予定はないが、どうした？」

「先日の百万円を返そうと思って……」

「返さなくていいと言っただろ。それにすぐに用意できる金額じゃない」

「ダメです、絶対に返します」

「じゃあ、毎月少しずつ返してくれればいい」

「……いいんですか？」

「ああ」

百万円という決して安くないお金を立て替えてくれた事実だけで嬉しいのに、さらに私の金銭状況を考慮して数回に分けて返せばいいと言ってくれるなんて……。

でも、正直父の経験や気持ちを考えると、本当はお金を借りるのは避けたかった。

本来なら面と向かって話すことも難しい相手なのに、たくさん迷惑をかけている。

それが申し訳なくて胸の奥がジンジンと痛む。

「父親はなんの会社を経営しているんだ？」

「自動車部品の製造をしている会社です」

「借金を抱えて会社は大丈夫なのか？」

「とりあえず、倒産はせずに済んでいるみたいです……」

「そうなのか」

「でも、工場を新しく建設する予定だったんですけど、資金がなくなってしまったのでなしになるみたいで……」

峯島さんは顎に手をついてなにかを考えている様子。

「さっき有坂さんと呼ばれていたよな？」

「はい、私の苗字は有坂ですけど……」

父の会社や私の苗字が気になっている……？　どうしてだろう。

「父親の会社の名前って『株式会社有坂工業《ありさかこうぎょう》』か？」

「そうですけど、どうしてですか……？」

「いや、どこかで聞いた覚えがあるなと思って」

街中の中小企業なのに……？　気のせいじゃないのかな。

そのとき、峯島さんの電話が鳴った。

『あそこの土地は広さが足りないからダメだ。他を探してくれ』

仕事の電話なのか、さっきよりも低い声で冷静に話す峯島さん。

峯島さんは電話を終え、深いため息をつく。

なにか大きな事業を起こそうとしているのかな……。

「付き合っている人はいる？」

「……え？　私ですか？」

「きみ以外にいないだろ」

突然の質問に戸惑いつつ、私は正直に「いないです」と答える。

峯島さんは少しの時間黙り込んだあと「急で申し訳ないが……」と口を開いた。

「俺が借金を返済する代わりに、俺と結婚してくれないか」

一瞬頭の中が真っ白になる。

聞き間違いかと思ったので、「え？」と目を見開いたまま峯島さんの顔を凝視した。

「なにを言ってるんですか……？」

突然の提案に、思考回路が上手く働かず言葉を失ってしまう。

今、結婚してくれないかと言った……？

「お互いにとっていい条件だと思う。きみは借金を返したい、俺は結婚相手を探している。両方の願いが叶う」

「あの、ま、待ってください……！」

淡々と話す峯島さんと打って変わって、私は状況を理解できない。

「私の願いのほうは分かりますけど、結婚ってどういうことですか……？」

「婚姻届を出して、正式に夫婦になるということだ」

「それは分かります！　そうじゃなくて、私とあなたが結婚する理由ってなんですか……？」

「後継者争いの条件に結婚が入っているんだ」

「……後継者争いってどういうことですか？」

頭の上にハテナをいくつも浮かべている私のために、峯島さんは詳しく説明してくれた。

「峯島財閥の後継者は、代々後継者争いを行って決められてきた。今は俺の祖父が会長で父が社長を務めているのだが……近々、次の後継者が決まる」

峯島さんは話を続ける。

第一子や第二子のように生まれた順番は関係なく、決められた条件を満たしたものが後継者になれる。

峯島さんの祖父も父も後継者争いで勝ち抜いた結果、会長、社長という地位に就くことができたらしい。

峯島さんは今年で三十歳で、蓮《れん》さんという五歳離れた弟が大学在学中に起業し、やっと会社も落ちついてきたタイミングでふたりは会長に呼び出され後継者についての話をされたのだと。

そして、その条件は大きく分けてふたつで——事業をひとつ成功させること、結婚すること。

事業を成功させる条件は店舗運営が順調なので達成していると思われるが、峯島財閥を受け継ぐにはもっと自身の会社を大きくしなければいけないと考えた。

そこで都市開発計画が上手くいけば、会社をより一層成長させられるだろうと。

「問題は結婚なんだ」

峯島家は家庭を持つことで人間として成長し、経営者としても成功できるという教えが代々受け継がれている。

結婚が必須条件だけど、跡継ぎを儲けられたら後継者争いでさらに有利になるだとか。

最初は未知の世界で理解が追いつかなかったが、説明を聞くうちに最終的には後継者争いがどういうもので、条件はなんなのか理解できた。

「事業を成功させ結婚すれば条件が満たせるんですか……?」

「そうだ」

「……とりあえず理解できました」

だけど、まだ気になることがある。

「その……どうして結婚相手に私が選ばれたんでしょうか。妻になるなら他にもっといい人がいる気がするんですけど……」

「いい人って？」

「お互いを心から好きになって、支えてくれるような人と結婚したほうがいいんじゃないかなって……」

「恋愛結婚をしたほうがいいんじゃないかと？」

「……はい」

「恋愛をする気はない」

峯島さんは冷たく言い放つ。

「どうしてですか？」

「誰も好きにならないから」

恋は誰かを好きになろうとして好きになるものではない。

その人のことばかり考えたり目で追ってしまったりしている自分に気づいて、ようやく好きだと知る。

それなのに、『誰も好きにならないから』と言い切るのは——峯島さんが過去に恋愛をしたくなくなる経験をしたのかもしれない。

だとしても、どうして私となら結婚してもいいと思ったのか分からない。

「いつだって寄ってくる女は〝峯島財閥〟目当てで、俺の家柄や財産しか見ていない」

「そうなんですね……」

確かに自分のことを知ろうともせずに家柄や財産だけを見られるのは辛いと思う。

「お互いの利害が一致しているし、きみは俺の肩書きに興味がないだろう？」

「……ごめんなさい、そういう情報には疎くて」

私が謝ると、「そのほうが助かる」と峯島さんが返す。

「俺が借金を全額返す代わりに結婚して妻を演じてほしい。つまり、これは契約結婚だ」

「……お互いの望みを叶えるためだけの結婚で合ってますか？」

「ああ。結婚して一緒に住んでもらうが書類と表面上だけの関係だ」

利害を一致させるために契約して成り立つ結婚。

ただ借金を返してもらうのは考えられなかったが、私が結婚するのが条件だとなると……少し頭を抱えてしまう。

借金で生活が一変し大変な思いをしている家族を知っているので、その生活が楽になるのならなんでもする気持ちでいる。

「朝から晩まで働くこの生活をこれから何年も続けられると思うか？　また今日みた

いに倒れて、下手すれば働けない体になるぞ」

「………」

「借金の重荷が下りれば、弟は周りの友達と同じように遊べるようになるし、両親も安心して暮らせるし一石二鳥どころじゃない」

正直いい条件だと思う……。

自分でも今のような働き方をずっと続けられないのは分かっている。

峯島さんとはまだ二回しか会っていない。

そんな人に多額の借金を肩代わりしてもらっていいのだろうか……。

「ゆっくり考えてみてくれ。返事はまた今度でいい」

峯島さんはそう言って立ち上がる。

「お大事に」

峯島さんが休憩室の扉に手をかけたとき――。

「分かりました」

私がそう口を開くと、峯島さんが驚いた表情で振り返った。

「その条件飲みます」

峯島さんの顔をまっすぐに見つめると――峯島さんは薄茶色の瞳を私に向けてきた。

「本当にいいんだな？」

「はい、契約結婚します。よろしくお願いします」

私はソファに座りながら深々と頭を下げる。

改めて確認しておかなければいけないことがある……。

「あの、借金が全部で一億円あるんですけど……」

「ああ、全額一括で返す」

峯島さんは悩むことなく返事をする。

決して少ない金額ではないのに……。

峯島さんにとって後継者争いがそれくらい重要なのだろう。

「本当にありがとうございます。両親は泣いて喜ぶと思います」

私は膝の上で両手を力強く握りしめ、「でも、周りにはなんて説明を……」と続ける。

「このあときみの父に話をしに行く」

「えっ!?　こ、このあとですか!?」

「なにか問題あるか？」

「いや、ないですけど……なんて説明するんですか？」

「それはきみに任せる。そのまま契約結婚だと話してもいい」

契約結婚なんてあまり耳にしないから説明しても驚かれる可能性が高い。

借金返済の代わりに私が結婚したと知ったら反対する可能性もある。

「もしくは、内緒で付き合っていた体にするか」

「契約結婚のことは話さないんですか？」

「そのほうが両親も安心するんじゃないか？　借金のために娘が結婚するって知ったら反対するだろ」

私はうつむいて「そうですね……」と小さくつぶやく。

私と同じように私の両親のことを考えてくれていることにビックリする。

「なるべく両親を心配させたくないので、契約結婚とは話さない方向でお願いします」

「そうしよう。というか、きみの名前を聞いてなかったな」

さっき苗字は聞かれてしまったけど、下の名前は教えていなかった。

「教えてなかったですね……っ」

私は、きちんと自己紹介もせずに契約結婚という大きな約束をしてしまったのがおもしろくて思わず声を出して笑ってしまった。

そのとき、一瞬だけ峯島さんが私のことを優しいまなざしで見てきた気がした。

「有坂美鈴といいます。今年で二十五歳になりました」

「峯島斗真だ」

「なんて呼べばいいですか……？」

「任せる」

「……じゃあ、斗真さんと呼びますね」

「俺は美鈴でいいか？」

いきなり呼び捨てで呼ばれたので、不覚にもドキッとしてしまった。

契約結婚とはいえ、周りには恋愛結婚だと思わせる必要がある。それなら呼び捨てのほうが親しさを感じる。

こうして私は斗真さん、斗真さんは美鈴と呼ぶことになった。

そのあと内緒で付き合っていた設定について話を煮詰め、軽くお互いの情報を交換した。

学生時代の部活や、アルバイト、友人の名前など、質問されても困らない程度の情報を頭に叩き込んだ。

連絡もなしにいきなり家に峯島さんを連れていくのは無理なので、向かう前に父に『会わせたい人がいるから今から行くね』と電話をした。

「体調は大丈夫か？　もし無理そうならまた今度でもいい」

「寝たらよくなったので大丈夫です。行きましょう」

斗真さんは自分の秘書の榎本《えのもと》さんに連絡をし、店の前に車を停めさせそこに乗り込む。

「とりあえず、この住所まで向かってくれ」

「分かりました」

峯島さんが私の家の住所が書かれた紙を渡し、榎本さんがそれを運転手に伝えると車はすぐに発進した。

私たちは後部座席に座る。

斗真さんが平然としている横で、緊張してきた私は、腕をまっすぐに伸ばし窓の外を眺めていた。

実家に到着し、斗真さんは榎本さんに用事が済むまでここで待つように伝える。

我が家は駐車場に車が二台停められるほどの広さの、よくある一軒家。

父の車があるので、父はすでに帰ってきているようだ。

鍵を開けて玄関の中に入ると、タイミングがいいのか悪いのか誰かが立っていた。

部屋着で髪の毛が濡れているので風呂上がりだろう。

「お姉ちゃんおかえり……。その人、誰？」

そこにいたのは直輝だった。

私を見たあとにすぐに斗真さんに視線が向けられた。

「峯島斗真です。美鈴さんとお付き合いさせてもらっています」

斗真さんは直輝に頭を下げる。

「え……!?　彼氏いないって言ってなかったっけ」

「ちょっと事情があって内緒にしてたんだ」

「いつから付き合ってるの？」

「一年前くらいから……」

直輝は「そうなんだ」私と斗真さんを交互に疑いの目で見てくる。

「こっちは弟の直輝です」

私はこの場の重い空気を変えようと声のトーンを上げる。

「弟の直輝です。姉がいつもお世話になってます」

直輝とは比較的なんでも話す関係なので、正直彼氏がいる設定は疑われる可能性が高いと予想していた。

案の定、突然知らない男性を連れてきたので、直輝の眉間にしわが寄り半信半疑なのが伝わる。

「それで、今日はなんでいきなり連れてきたの?」

「お父さんに話したいことがあって。お父さんもう帰ってきてるよね?」

「帰ってきてるよ」

「直輝にも聞いてほしいから一緒に来てくれる?」

「分かった」

私たちはリビングへと向かった。

「お父さん、お姉ちゃんが紹介したい人を連れてきたって」

直輝がリビングの扉を開ける。その先には二十畳ほどのリビングと、ダイニングキッチンが広がっている。

ダイニングテーブルでは、父がこちら側を向いて座っていた。

直輝の声に反応して私たちのほうに視線を移した父は……まず斗真さんの顔に穴が開くのではないかというほどジッと見つめた。

「峯島斗真さんといって、一年前からお付き合いしている人なの。突然連れてきたから驚かせたよね……」

「やっぱり付き合ってる人を連れてきたか……。全然彼氏がいる素振りなんてなかったじゃないか」

「心配かけたくなかったから内緒にしてた。ごめんね」

「……そうか。でも、こんなにかっこいい彼氏がいるならもっと早く紹介してほしかったなあ」

父は、目の横にしわを作りクシャッとした笑顔を見せる。

突然のことだったのでどうなるかと思ったけど、とりあえず話は聞いてもらえそうでよかった。

「初めまして、峯島斗真と申します。美鈴さんとお付き合いさせてもらっています。あいさつが遅くなってしまい申し訳ありません」

「……そんなのは気にしなくていいよ。話があるんだろ、ふたりとも座りなさい」

私と斗真さんは父と向かい合う形で座り、直輝は父のとなりに座った。

「斗真くんは何歳なんだ？　職業は？」

「三十歳です。未熟ですが飲食店などの店舗経営をしています」

「社長ということか？」

「……はい」

「その若さで偉いな……」

そのあとすぐ、美鈴の父親は「ん？」と首を傾げた。

「苗字は峯島と言ったよな？　もしかして峯島財閥の……」

言葉を濁すお父さんに代わり、斗真さんは「峯島財閥会長の孫です」と告げた。

「え？　あの峯島財閥の……？」

直輝は目を大きく見開き、分かりやすく驚く。

父は驚きすぎて言葉を失い、「ちょっと待ってくれ……」と目の前のコップに入ったお茶を一気に飲み干した。

「美鈴とどこで出会ったんだ……？」

「仕事場で出会いました。美鈴さんが働く印刷会社に行く機会があり、そのときに僕がひとめぼれをしたので猛アタックしました」

「そうだったのか……。美鈴は斗真くんが峯島財閥のご子息だって知っていたのか？」

「私そういうのに疎いから全然知らなかったの。なんなら知ったのはつい最近で……」

私がそういう情報に疎いのは父もよく知っているので、「知るはずないよな」とすぐに納得した。

「隠す形になってしまって申し訳ありません。実は、峯島財閥という家柄が足かせになり、人間関係でいい思い出がなかったんです」

父から結婚の承諾を得るためのウソだと思うけど、斗真さんの話し方からしてもしかしたら本当なのかもしれないと思えるのは私の気のせい……？

『いつだって寄ってくる女は〝峯島財閥〟目当てで、俺の家柄や財産しか見ていない』

斗真さんが以前話していたのを思い出す。

「なので、美鈴さんには家のことを話しませんでした。ですが、峯島財閥のことを美鈴さんに話したあとも美鈴さんの僕に対する対応は変わらず……」

そのあとに、「それがきっかけで、もっと美鈴さんと一緒にいたいと思うようになりました」と続け、斗真さんは父へまっすぐ視線を向ける。

「今日あいさつに来たというのに、このお話をするのは非常識だと思われてしまうかもしれないのですが……」

「………」

「美鈴さんと結婚させてください」

斗真さんは両ひざに手をつき、テーブルにおでこがつく寸前まで頭を下げた。

「私からもお願いです。斗真さんとの結婚を許してください」

私も同じように頭を下げる。

「ふたりとも、顔を上げなさい」

父は、なにか考え込むように腕を組んでいた。

「うちは中小企業で、峯島財閥と釣り合えるような器じゃない。それでも美鈴と結婚したいのか？」

「自分の家柄を気にされたくないように、僕も気にしません。美鈴さんという存在が僕には必要なんです」

「これからなにか力になれるとは思えないし、むしろ足を引っ張ってしまうんじゃないか？」

「それと逆で、美鈴さんがそばにいてくれるだけで僕の原動力になります。仕事でも人一倍頑張るそんな彼女を好きになったんです」

父を説得するためのウソだと分かっているはずなのに、胸の奥が熱くなるのを感じる。

キュンとするところじゃないのに……。

「僕にとって美鈴さんは必要な人なんです」

父は少しの間腕を組んで考えたあと――「そうか……」と口を開いた。

「美鈴と斗真くんがふたりで決めたのなら、私は反対しないよ」

「父さん、いいの……？」

直輝が父に問いただすと、父は一度咳払いをする。

「ただ、もし本当に結婚するとなったらひとつ話しておかなければいけない」

父はキッチンに行きコップにお茶を淹《い》れ、今度は一口だけ飲んだ。

「恥ずかしいことに、私の会社は今倒産寸前でな……」

父はそう言いながら再びイスに座った。

ここで借金のことを話すとは思っていなかったのでビックリしたけど、誠実な父のことだから内緒にしておくのは嫌だったのだろう。

「お父さん、借金を抱えているって斗真さんにもう伝えてあるの」

私が言葉を挟むと、父は唖然とした。

「斗真くんはそれでも問題ないのか……？」

「問題ありません。私が代わりに借金を返します」

「……なんだって？」

父の表情は誰が見ても混乱していると分かる。

付き合っている報告、結婚の報告、続けて借金返済の話——一気にされたら理解が追いつかないだろう。

多額の借金を抱えていると知っていて結婚するのも、借金を肩代わりしてくれるのも信じがたいと思う。

「美鈴さんが働いているレストランがたまたま僕が経営している店で。この三ヶ月、夜も働いていると知ったんです」

「斗真くんに内緒にしてたのか？」

「心配させたくなかったから……だから、借金のことも話さなかったの」

「私のせいでいろいろ苦労かけたな……」

私は「大丈夫だよ」と父の手を握り、お互いに励ましあった。

「前に美鈴さんが倒れそうになったことがあって、たぶん過労だろうと。これ以上この生活を美鈴さんに続けさせられません」

「……そんなことがあったのか。だけど、借金は全部で一億円あるんだ」

父は「そんな大金を肩代わりしてもらうのは……」と続ける。

さすがに一億円の借金を返済してもらうのは抵抗があるよね……。

だからといってあまり私がこの結婚を押してしまうと、借金を返済してもらえるから結婚するように聞こえてしまうし難しい。

「家族が幸せだと私も幸せになれると以前美鈴さんが話していました。なので、僕も力になりたいんです」

しかし、饒舌《じょうぜつ》な斗真さんが言葉巧みに続ける。

「んー……」と悩む父の横で、直輝が父になにか耳打ちをした。

父は「ああ、なるほどな」と二回ほどうなずいた。

「斗真くんは土地を探していたりするるか？」

「土地ですか？」

「ああ、実は使っていない土地があるんだ」

「……はい。ちょうど今都市開発を計画していまして、その土地を探しています」

「価値としては一億円にも満たないんだが、その土地を譲ろうと思う」

その土地は特に思い入れがあるわけではないが、なかなか手放すことができなかったらしい。

事業拡大のため工場を建設し始めていたが、借金を抱えてしまい現在は放置されている。

その当時はこの元々持っていた土地と新たに紹介された土地にふたつ工場を増やす予定だったが、結果的に叶うことはなかった。

「そんな大切な土地をいただいていいのですか……？」

「大事な娘のためなら構わない」

「ありがとうございます……！」

「ただ借金を返済してもらうのも申し訳ないからな」

父の言葉に自然と涙がこぼれ落ちた。

私と斗真さんは偽りだらけだけど、父から出る言葉は本物。

私のために大きな決断をしてくれた父に心の底から感謝したい。

「情けないことに信頼していた人に騙されて、誰のことも信頼できなくなってしまってね。でも、それでは前に進めないよな」

――父の言葉が、胸の奥深くに突き刺さる。

人を信じるのは……簡単なようで難しい。父を近くで見てきたからこそ、その気持ちが痛いほど分かる。

「大勢の社員たちの生活もかかっているから、社長として決断するよ」

父は自分に言い聞かせるように話したあと――。

「斗真くんを信じて、あの土地を譲ることにする」

「必ず事業を成功させます……！」

「美鈴にも、これ以上苦労はかけられないもんな」

父が悲しそうな笑顔で見てくるので、私まで胸の奥が苦しくなった。

父に悟られないようにどんなに仕事が大変で疲労がたまっていても顔には出さないようにしていた。

だって、私よりも父のほうが大変で辛いと知っていたから。

だけど、さすが父親だ。娘のことは見抜いていたんだね……。

「借金は僕が全額返すので、もう安心してください」

「……ああ、ありがとうな……っ」

父は静かに目から涙を流し——斗真さんに向かって手を差し出してきた。

斗真さんはその手を取り握りしめ、「よろしくお願いします」と強く言い放つ。

「子どもたちに迷惑をかけて、これじゃあ一家の大黒柱として失格だよな」

「いえ、美鈴さんからは優しく正義感溢れるお父さんだとお話を聞いています。奥様のこともあるのに、お父様も大変でしたよね」

「私は全然平気だよ。とにかく家族や社員たちには迷惑をたくさんかけてしまった……それがすごく心残りだ」

父を責めたことはないけれど、やはり父は心のどこかで自分のせいだと思って生きてきたのだろう。

他人のせいにせず甘えない。大勢の社員を抱える社長として当たり前の姿なのかもしれないけど、娘としてはとても尊敬できる。

「確かに大変だったし辛い思いもしたけど、お父さんのせいだと思ったことは一度もないよ。私は家族として当たり前のことをしただけだから」

「美鈴がいてくれたから俺も直輝もお母さんも頑張ることができたと思う」

「支えあっていくのが家族だって教えてくれたのはお父さんでしょ？　これからも家族に変わりはないんだからいつでも頼ってね」

「ああ」

父とこんなに心の内を話したのは初めてかもしれない。

こういう機会がなかったら話すこともなかったのかもと思うと、斗真さんに感謝する。

「これからは僕も家族として支えますので、なにかあったらいつでもおっしゃってください」

「ああ、助かるよ」

そのあと数分ほどみんなで話し、夜も遅いということで斗真さんは帰ることにした。

父と直輝に玄関まで見送られ、私と斗真さんはふたりで玄関の外に出た。

「斗真さん、いろいろありがとうございました。おかげでこれからは家族も安心して生きていけると思います」

「俺にとっても大事な契約だからな」

この結婚に愛がないとしても、私の家族が救われたのは事実だ。

「ひとつ大事なことを言い忘れていた」

斗真さんが車に乗る前に私のほうへと振り返った。

「結婚するけど、恋愛感情は絶対に持たないでくれ」

なにかと思ったけど、前に誰かを好きになることはないと言っていたのを思い出しそこまで驚かなかった。

「……好きになってはいけないということですか？」

「ああ」

「分かりました。絶対に恋愛感情は持ち込みません」

恋愛感情がない関係だからこそ契約結婚が成り立つというのは理解ができる。

私のその言葉を聞き、斗真さんは車のドアを開けて乗り込んだ。

「また連絡する」

私は、車が発進したあとも車が見えなくなるまで家の前に立っていた。

【契約結婚三カ条】

　ほとんどの女の子の夢であるように、私にとってもお嫁さんになるのが夢だった。心から好きになった人といつか結婚をするのだと思っていた。

──だけど、つい先日、私は好きじゃない人との結婚が決まった。これからは偽りの夫婦生活を送る。

　斗真さんが借金を返してくれる代わりに、父の土地を譲り結婚をするという契約結婚。

　いくら借金が多額であろうと家族の問題なので、他の人に肩代わりしてもらうのは嫌だった。

　だけど、自分の体力の限界、両親や直輝の負担を考えると……今の生活を続けるのは厳しいと不安になってしまった。

　そんなとき、母の言葉を思い出した。

「人間はひとりでは生きていけないの。自分ひとりで頑張ることも大事だけど、ときには甘えたり頼ったりしなさい」

なんでも自分でやってしまう私の性格を知っていてかけてくれた言葉なのだろう。誰よりも私を知っている母だからこそのアドバイス。

無事に土地の売却の手続きが行われ結婚の承諾も貰った。

一年前から付き合っていたなんてウソをついてしまったけど、私が結婚すればすべてが丸く収まるのだから仕方ない。

父と話す斗真さんは終始穏やかなのが印象的。

『それと逆で、美鈴さんがそばにいてくれるだけで僕の原動力になります。仕事でも人一倍頑張るそんな彼女を好きになったんです』

斗真さんの言葉を思い出し——心臓がギュッと締めつけられる。

私に対する気持ちはウソだと分かっているのに本当に言われているような錯覚に陥る。

男性にそんな言葉を言われたことがないので感情のコントロールがむずかしい。

利害関係の上に成り立っているといっても一億円の借金を払ってくれるくらいだから、悪い人ではないと信じたい。

どういう人なのかよく知らずに結婚を決めたけど——果たして、どんな結婚生活になるんだろう。

斗真さんの提案で母にもあいさつをしたいとなったが、まだ母の体調が優れないため、母が退院してから一緒に直接会いに行く約束をした。

なので、先に私ひとりで母には結婚の報告をしに病院へと向かった。

母に見せるように撮った斗真さんとのツーショットを見せたら、第一声『男前ねえ』で、思わず笑ってしまった。

『付き合っているのを秘密にしていたのに怒らないの?』と聞くと、『美鈴が決めたならなにも言わないわよ。あなたが幸せになってくれればそれでいいの』と、母は喜びの涙を流しながら微笑んでいた。

借金返済と土地のことは父から説明してもらうことに。

後日、『驚いていたけど、最後は安心したのか私の手を痛いほど強く握りしめてたよ』と父から聞いた。

母が気になっているのは結婚式で、やる予定はあるのかと聞かれたので『また詳しく決まったら教えるね』とごまかしておいた。

斗真さんの家族にも後日ふたりであいさつに向かった。

斗真さんのおじいさん、お父さん、お母さんに直接会えた。

家柄や学歴など質問攻めに遭ったらどうしようと心配していたが、必要最低限の質問しかされず短時間で終わったのでビックリした。

「祖父も父も結婚相手は自分で決めた人ならなにも言わない、と前から言っていた」

あとから斗真さんにそう聞かされて、納得がいった。

そして、お母さんは実のお母さんではなく再婚相手で、お父さんとその人の子どもが弟らしい。

実のお母さんは斗真さんが四歳のときに不倫相手と一緒になるために家を出ていってしまったのだとか。

詳しくは話してくれなかったが、斗真さんはもしかしたら過去に辛い経験をしてるのかもしれないと勝手に想像してしまった。

それから一週間後――斗真さんと一緒に婚姻届を提出し、私は正式に峯島美鈴となった。

一生に一度書くか書かないかの書類への記入は、今までにないくらい緊張した。

書類上の関係だとしても、本当にこの人の妻になるのだと思うと……なんとも言えない気持ちになる。

入籍した日から三日後の日曜日――不安と緊張と少しのドキドキを胸の奥に秘めな

がら、私は斗真さんの家に引っ越しをした。

斗真さんは都内にある高層マンションの最上階でひとり暮らしをしていて、部屋が四つあり一部屋余っているため、その部屋を使わせてもらうことになった。

引っ越し当日、家まで斗真さんの専属の運転手さんが迎えに来てくれたのだが、斗真さんも乗っていて見送りに外に出てきた父と軽くあいさつを交わした。

斗真さんから借金を全額払い終わった話を聞いた父は、再びこの前のように涙を流し、斗真さんの手を強く握る。

父のその姿を見て、私までもらい泣きをしそうになった。

口では弱音を吐かなかったけど、父も相当ストレスを抱えて生活していたのだなとその涙を見て改めて感じた。

「手紙書いたから読んでね」

父と直輝に手紙を渡し、私は長年暮らした家を後にした——。

着いたのは都内の閑静な住宅地に建てられている高級マンション。

まず中に入ると高級ホテルのようなエントランスが広がっている。

「すごい、ホテルみたいですね」

あまりの豪華さに思わず心の声が漏れてしまう。

エントランスを抜け、エレベーターで部屋に向かって着いたのは最上階。

エレベーターの扉が開いた瞬間目の前に現れたのは——ひとつの扉。

「え？　いきなり扉ってどういうことですか？」

普通は廊下があっていくつもの玄関があるはずじゃあ……。

「これが俺の家の扉」

「もしかして、この階には斗真さんの部屋しかないんですか？」

驚く私をよそに、「そういうことだ」と斗真さんはカードキーを玄関のオシャレな取っ手に当てる。

ピピッと音が鳴ったあとに扉が開く。

中に入った瞬間……想像の何倍も広くてきれいだと思った。

壁は白に近いクリーム色で床も白いので、全体的に明るい。廊下にはいくつもの扉があり、まず玄関に一番近い部屋を案内された。

「この部屋を好きに使って」

十畳ほどの部屋で、壁も床も同じく白色でなにも置かれていないので本当に使っていない部屋だったのだなと納得した。

そのとなりが斗真さんの寝室、向かい側の部屋が物置、そのとなりが仕事部屋らしい。

廊下をまっすぐ歩いた先にある扉を開けると——広すぎるリビングが現れた。

実家よりも二回りほど大きいサイズの壁掛けテレビの前には黒色のローテーブル、その奥にはL字型の濃いグレー色のソファが置かれている。

さっきまでは白一色で明るい雰囲気だったけど、家具は黒やグレーで統一されていて一気に男性のひとり暮らし感が増した。

とは言っても、さらに奥には黒い四人掛けのダイニングテーブルとカウンターキッチンがあり……一般的な男性のひとり暮らしとは程遠いと分かる。

インテリアも必要最低限しか置かれていないのですごくシンプル。

本当に私これからここで暮らすの……？

結婚が決まってからとんとん拍子でこの日を迎えてしまったためまだ現実味が湧かない。

そんなとき、ちょうど私の引っ越しの荷物が届いたので私の部屋に運んでもらった。

荷ほどきはあとで落ちついたらやろう……。

「話したいことがあるからソファに座って」

「分かりました……」

斗真さんにそう言われたので、私はL字のソファの曲がっているところに座り、斗真さんは少し開けて私と話せる位置に座った。

話ってなんだろう……。

「契約書だ」

そう言ってテーブルの上に置かれたのは——一枚の紙。なにやら細かく文字が書かれている。

ああ、契約結婚だから契約書を書くのね。

なになに、どんなことを守ればいいの……と、契約書に目を通した私は、唖然とした。

契約書に書かれていた条件は全部で三つ。

【一、外では夫婦らしく振舞うこと。二、月に一回は一緒に寝ること。三、恋愛感情を持たないこと。】

一番は妻としての役割を果たすという意味で理解できる。三番も私の家に行ったときに恋愛感情は持つなと言われたから納得できる。

だけど、二番の月に一度一緒に寝るってどういう意味……!?

「あの……一番と三番は理解できたんですけど、二番はどういう意味でしょうか……」

恐る恐る聞くと、斗真さんが「それは……」と口を開く。

「跡継ぎを儲けるためだ」

斗真さんは脚を広げその上に両腕を置いて前かがみになり私の目を見てくる。

久しぶりに斗真さんの顔を近くで見るが、やっぱり見とれてしまうほどかっこいい。

……そうじゃない、今は大事な契約書の話をしているんだ。

跡継ぎを儲けるのは必須条件ではないけど、有利になるのなら無視はできない。

つまり……そういうこと、だよね？　夜の営みをしなければいけないってことだよね？

だからって本人に直接聞けるはずもなく――私は契約書にサインをした。

そもそもこの契約結婚を受け入れたときに、なんでもする覚悟で決めたのだから怖いものなんてない。

偽りの妻だとしても、契約したからには妻として役に立ちたい。私にできることは頑張ってやろう。

一番の夫婦らしく振舞うというのが、具体的にどう振舞うのが夫婦らしく見えるのか分からないから、仲の良い夫婦について学んでおかないといけないな。

財閥の跡を継ぐかもしれない人の妻になったのだから、恥ずかしい真似はできない。

私と契約結婚してよかったと思ってもらえるようにできる限りの努力をしよう。

「仕事はどうする？　レストランはもう辞めるのだろう？」

「レストランには辞めると伝えてあります。シフトが入っていたのですが、店長に事情を話したところ辞めていいと言ってもらえました」

私が倒れたあの日から私のことを心配してくれていたらしく、辞めたいことを話したらすぐに承諾してくれた。

コンビニも体調不良で辞めたいと伝えると、承諾してくれた。

迷惑をかけてしまうので一ヶ月ほどは内緒で働こうかと思っていたが、どちらの店長も優しい人で助かった。

コンビニでも働いていたことを斗真さんに言ったら、『だから体を壊すんだ』と怒られそうなので内緒のまま。

「印刷会社は続けます。たまたまここから会社まで電車で二十分くらいと実家から通っていたときより近くなったんです」

「そうなのか。休みは？」

「土日と祝日が休みです。斗真さんはいつがお休みなんですか？」

「基本的に同じだけど、忙しかったり会社や打ち合わせがあると仕事になる場合もある」

休みを返上して仕事するときもあるんだ……。

勝手な偏見だけど、財閥のような裕福な家庭で育った人は自分に甘く人に厳しいイメージがあった。そんな風に思ってしまって申し訳なくなった。

「基本的に夫婦として外に出るとき以外は自由にしていてくれて構わない。あくまでも表面上妻としての役割を果たしてくれればいい」

そうだ――お互いの休みの日を知ったところでふたりで過ごす可能性は絶対にない。

「一緒には暮らすけど、プライベートはお互い干渉しないということですね」

「ああ。あと、生活費や金銭面は気にしなくていい」

「えっ⁉ それはダメです！ 私も働いているのでちゃんと払います！」

「契約結婚はこっちの頼みだから、結婚生活に関することは気にしないでくれ」

「で、でも……っ」

「いいな？」

斗真さんの強い視線が私をとらえて離さず――それ以上反論しても時間の無駄だと分かった私は仕方なく了承した。

契約について話したあと、斗真さんは夜から取引先との会食に行ってしまったため、私は軽く荷ほどきをした。

簡単に済むようにベッドは実家に置いてきて、代わりに布団を持ってきたので今すぐにでも眠れる。

メイクをする用のテーブルを設置し、その上にフレームに入れられた家族写真を立てかける。ここで毎日メイクをしながら家族の顔を見れば元気がもらえる。

私にとって一番大切なものは家族だから、家族の笑顔が見られるのならなんだって頑張れる。

――次の日、私は起きてすぐに仕事に行く準備を始めた。

月曜日なので、今日この家から初めて出社する。まだ家の使い勝手もよく分かっていないので、六時と早めに起きた。

支度が終わり、朝食を作ることに。

勝手に冷蔵庫の中にある食材を使わせてもらっちゃったけど、大丈夫だよね？

食パンがあったのでトースターで焼き、目玉焼きとレタスとトマトで簡単なサラダを作った。

ちょうど作り終わったタイミングで、寝起き感満載の斗真さんがパジャマ姿で現れた。

スーツを着ているときは髪型もびしっと決めてかっこいい大人の男性だけど、パジャマを着ている斗真さんは寝癖も少しついていて無防備な感じがして……。

普段とのギャップに、胸の奥がザワザワする。

時刻は七時。昨日の夜遅くに帰ってきたはずなのに、もう起きたの？

「おはようございます。勝手に冷蔵庫の中にあるものを使っちゃったんですけど大丈夫でしたか……？」

「おはよう。ああ、構わない」

「斗真さんの分も作ったのでよかったら一緒に……」

「朝食は食べないからいらない」

「……あ、そうだったんですね……」

余計なお世話をしちゃったかな……。

でも、偽りだとしても一応夫である斗真さんの分を作らずに自分の分だけ作るなんてできない。

斗真さんの分としてお皿に盛った料理にラップをして静かに冷蔵庫の中に入れた。

私は作った朝食をテーブルに運び、ひとりで食べることにした。

斗真さんはというと、水温が聞こえてくるのでキッチンの奥にある洗面所で顔を洗っているみたいだ。

そのあと、キッチンでコップに水一杯を入れて一気に飲み干した。

朝食は毎朝食べないのかな……？

さっきの斗真さんの冷たい口調が頭から離れなくて、聞くに聞けない。

確かに、基本的に話しているときは一定の距離をとっている感じがする。

斗真さんはそのままリビングを出ていってしまったので、私は食器を洗う。


ちょうど洗い終わると――黒いスーツに身を包んだ斗真さんが現れた。

背が高く脚が長いため、スーツがよく似合う。

思わず数秒見惚れてしまったけどバレてないよね……？

「お仕事は何時からなんですか……？」

「九時から」

斗真さんに話しかけると、斗真さんは振り返らずに素っ気なく答える。

「私も九時からなので一緒ですね。いつも何時くらいに出ますか？」

「車で十分だから八時四十分とか」

「じゃあ、私のほうが早く出ますね」

「これ」と言って斗真さんがなにかを差し出してきた。どうやらカードキーみたいだ。

「家の鍵だ。タッチすれば扉が開く」

「ありがとうございます。このカードキーで出入りしていいんですか？」

「結婚して一応美鈴の家でもあるからな。自由に使っていい」

仕事が終わる時間が斗真さんと被る可能性も低いと思っていたので、こうして早めに鍵を貰えて嬉しい。

危うく斗真さんが帰ってくるまで玄関の外で待たなければいけなかった。そうならなくてよかった。

「もうひとつ言い忘れたことがあった」

「なんですか？」

「食事は各々で好きなように済ませて、家事は月に一回家事代行業者に頼んでいるからやらなくていい」

「そうなんですね」

「家事代行は次の土曜日に来る予定だから」

月に一度、家事代行サービスを利用して最低限の掃除はしてもらっているらしい。

斗真さんは仕事は九時からと言っていたのに、「行ってくる」と言って、足早に仕事へと行ってしまった。

そうこうしているうちに私も仕事に行く時間になったので支度して家を出る。

同棲が始まって初めての朝を迎えた。

思い描く同棲生活とは違ったけど、社長である斗真さんを妻として支えられるようにこれから頑張ろう……！


一緒に暮らし始めてから、あっという間に五日が経った。

布団での睡眠も良好で、部屋も少しずつ整理できて自分の部屋らしくなり落ちつけるようになってきた。

仕事から帰ってきて掃除をし、朝に洗濯物や残りの家事を済ますのがルーティーンに。

食事は別でいいと言われてるため、毎日自分用に簡単に作っている。

基本的に斗真さんのほうが帰りが遅く、私がご飯を食べ終わるタイミングで帰ってくることが多い。

斗真さんは自炊はせず、外食で済ましているらしい。

私が作ったものでよければと思い、一応作ってキッチンに置いておくけど……食べてくれた形跡なし。

健康面で言えば絶対に自炊のほうが体にいいんだけどなあ……。

斗真さんの食生活を心配しながらも、今日は金曜日で明日と明後日は休みだから気分がいい。

借金返済のために土日も働いていたため、久しぶりにゆっくりできる休日だ。家でダラダラしようか、映画を観に行くのもいいな。

なにをしようかと考えるだけでも幸せになれるから、健康的に生きるためには休むことはすごく大事なのだと実感させられる。

ウキウキな足取りで帰り、すぐに夜ご飯を作り、そのあと掃除機で部屋全体の掃除開始。

入出許可が出ていない部屋は入れないので、それ以外の部屋に掃除機をかけていく。

リビングを掃除していると——廊下に繋がっている扉が突然開いて、思わず身体がビクッとなってしまった。

「おかえりなさい」

「……掃除はしなくていいと言ったよな？」

「これは……」

「食事も別々でいいと言った。俺の分はもう作るな」

斗真さんの声がいつもより低く、突き放すような話し方で胸の奥がギュッと締めつけられる。

「もう余計なことはするなよ」

その一言を冷たく言ったあと、斗真さんは扉を閉めてリビングを出ていった。

怒らせるつもりはなかった……ただ少しでも斗真さんの生活が楽になればいいなと思っただけ。

斗真さんに出された三カ条や、それ以外の決まりごとはきちんと守り、契約結婚の上に成り立つ偽物の妻としてわきまえて生活しようと思っている。

……だけど、一緒に暮らすとなったらこちらにも譲れない部分はある。

借金を返済してもらい、生活費も出してもらい、こんなに広い家に住まわせてもらっているのに——たまに妻としての役割を果たせばいいと……？

それでは私が甘えてばかりになってしまう。それだけは嫌だ。

利害が一致して割り切った関係でいるためには、私も斗真さんの役に立ちたい。

——恩返しがしたい。

今はまだ他になにができるか考え中だけど、とりあえず家事や料理はできるから、それで少しでも役に立てたらいいなと思う。

なんと言われようと、できることをしていく……！

次の日の朝、「おはよう」とあいさつはしたが、それ以外に会話を交わさずに斗真さんはお仕事に行ってしまった。

休みの日も働いて大変だなあ……。

今日は家事代行の人が来る日。軽くメイクをして待っていると、チャイムの音が鳴った。

玄関の扉を開けた先にいたのは四十代くらいの女性で、白いTシャツにストレッチ素材のズボンと動きやすそうな格好をしている。

長い髪の毛は後ろでひとつに束ね、両手に持っている紙袋の中には掃除用具が入っているのが見えた。

お互いにあいさつを交わす。家事代行サービスの人は斎藤《さいとう》さんという名前で、中学生のお子さんがひとりいると教えてくれた。

いつも朝から夕方までかけて部屋全体を掃除し、家事を済ませるらしく、時間があれば料理の作り置きもしているのだとか。

「では、さっそくいつも通りの手順で始めさせていただきますね」

斎藤さんはそう言って、まずお風呂掃除から始めた。

斎藤さんは仕事をしに来ているのだから、私がなにかをする必要はない。

そう思って最初の一時間は自分の部屋でくつろいでいたのだが——やっぱりいてもたってもいられなくなり、私はリビングへと向かった。

小型の脚立に乗ってエアコンを掃除している斎藤さんの姿が目に入り、キョロキョロとなにかを探しだした。

「これですか？」

斎藤さんから見えない位置に置いてあったスプレータイプの洗剤を渡すと、「これを探してたんです！　ありがとうございます！」と、目を輝かせて言われたので思わず笑ってしまった。

「やることもないので、もし私に手伝えることがあれば手伝わせてください」

「そんな……っ、奥様はくつろいでいてください」

「一緒に暮らしたばかりで、この部屋の使い方も分からないことだらけなのでいろいろ教えてほしいんです」

「ですが、もし旦那様に奥様が手伝ってるのがバレてしまったら……」

「私から事情を説明するので大丈夫ですよ。人手があったほうがすぐに終わりますし」

斎藤さんは「でも……」と承諾してくれなかったが、私の押しが強く、半ば強引に手伝う流れになった。

実家でも掃除や洗濯など一通りやっていたおかげで、少しは役に立てたはず。

「今まで働いてきていろんなお宅にお仕事で行ってますけど、奥様が手伝いなんて言ってこられたのは美鈴様が初めてですよ」

「そうなんですか……!?」

「家事代行サービスを使うのは、家に家事をする人がいないということですからね」

奥さんが家事をする人なら、わざわざお金を使って雇わなくてもいいものね。

夕方になり斎藤さんのお仕事もラストスパート——。そんなときだった。

ふたりでキッチンで料理の作り置きを大量生産しているときに、玄関の扉が開く音が聞こえた。

もしかして、斗真さん帰ってきた？

そのあとすぐにリビングの扉が開く音がして——スーツ姿の斗真さんが私と斎藤さ

んを凝視してきた。

「なんで美鈴がそこにいる？」

「斎藤さんと仲良くなったので、一緒に料理の作り置きを作っているんです」

また私の行動が予想外だったのか、斗真さんは軽くため息をついたあと「……そうか」と呆れ気味に口にした。

「今作っている料理が完成したらちょうど時間になるので、帰らせていただきますね」

斎藤さんの明るい声で重くなった空気が一変した。

最後の鶏もも肉の照り焼きを作り終わったあと、すぐに斎藤さんは自分の荷物を持ち玄関へと向かったので私もあいさつをしたいと思い、斗真さんの後ろをついて行った。

斎藤さんが「では、またよろしくお願いします」と言うと、「また連絡します」と斗真さんが軽く頭を下げた。

「私が言うのもなんですが、いい奥さんをもらいましたね」

え⁉　私のこと……⁉

前置きもなしに突然褒められたので、上手な反応ができないまま斎藤さんは扉を開けて出ていってしまった。

斗真さんはきつく締められたネクタイを片手で緩めながら、私のほうへと振り返る。

今の状況で思うことではない気がするが——そのネクタイを緩めるという簡単な仕草でさえも様になっていて、つい視線が斗真さんに向いてしまう。

「仲良くなってどうする」

……そんな斗真さんから発せられた言葉は、冷たかった。

「他人をあまり信用しないほうがいい。人はすぐに裏切る」

ああ、まただ。

ときおり斗真さんの目が鋭くなるときがある。まるでこの世のすべてを敵だと思っているかのよう——。

過去に人を信じられなくなるできごとがあったとか……？

斗真さんは私の横を通り過ぎ、リビングの扉を開ける。

私は一定の距離を開けながら斗真さんのあとをついていった。

「……どうして、そう言い切れるんですか」

「人を信じてばかりいると、痛い目を見るって知ってるから」

「過去にそういう経験があったんですか？」

「きみには関係ないだろ」

名前を教えてからはちゃんと名前で呼んでくれていたのに、〝きみ〟になった瞬間、一気に距離を感じる。

突き放されたのだと分かる。

もしかしたら辛い過去があって、人のことを信じられなくなってしまったのかもしれない。

今すぐにその理由を知れなかったとしても、いつか話してくれる日がくるといいな……。

——ということは、他人を家の中に入れるのも嫌だということでは？

「あの、最後に聞いてもいいですか……」

斗真さんの部屋の前に着いたので、私は思い切って聞いてみた。

斗真さんは立ち止まり、ズボンのポケットに手を入れたまま顔を半分だけ私のほうに向けた。

「家事代行サービスを使うのも本当は不本意だったりしますか？」

「…………」

自分の部屋のドアノブに手をかけながら——。

「できれば使いたくない」

斗真さんはそうつぶやいて、部屋に入ってしまった。

私はそのあとキッチンで夜ご飯を作りながらこれからどうすればいいのか考えた。

今までの生活を変えずにいたくて家事代行を利用しているのなら、それを無理にやめさせたくはない。

でも、家事を代行してもらってる割には頻度が少ないし、斗真さん自身ができれば使いたくないと思っているなら……月に一回の利用はやめてもいいのではないかと思えてきた。

斗真さんは人に対して敏感で、他人が家に出入りするのがストレスなんだ。

その原因を、私が解決してあげられるかも――。

夜ご飯のシチューをひとりで食べていると、黒色の長袖Tシャツに細めのスウェットのズボンを履いた斗真さんがキッチンにやってきた。

「シチューか」

「あ、はい……好きですか？　シチュー作りすぎちゃったので、もしよかったら食べてください」

「……じゃあ、貰う」

えっ!?　今、貰うって言った!?

頑なに私が作った料理を食べなかったのに、どういう風の吹き回し⁉

本当に食べるまで聞き間違いだと思っていたけど、斗真さんはお皿にシチューをよそって私の斜め前に座った。

あまりに突然のできごとに、自分でどうぞと言っておきながら食べてくれてとても嬉しい。

「いただきます」と言って、そのあとは黙々と食べ続ける斗真さん。

私は口に合ったかどうかが気になりすぎて自分はよく味わえずにシチューを食べ終わってしまった。

「ひとつ、提案があるんですけどいいですか……？」

「なんだ」

さっき思いついたいいアイデアを言うタイミングは今しかない。

「家事代行サービスの利用をやめて、私が家事や料理をするのはどうかなと……」

「俺が前に話したことを覚えてないのか？　結婚したと言っても……」

「必要なときに夫婦らしく振舞えばいいのは分かっています。だけど、私が妻としてできることはしたいんです」

「余計なことはしなくていい」

「たとえ月に一回でも他人を家の中に入れるのがストレスに感じるなら、私が妻として家事など全部します！」

しつこい女だと思われてもいい。嫌われてもいい。

斗真さんの役に立てるのなら私はなんだって大丈夫。

「家にいてダラダラしてるとソワソワしちゃって、本当に私が妻でいいのかなと思ってしまうんです」

「…………」

「家事代行をやめれば斗真さんのストレスがなくなるし、私は家事を任せてもらえたらこの家にいる存在意義を見いだせる。つまり、利害が一致しませんか？」

斗真さんは、うつむきながらフッと軽く笑ったあと、「確かに利害は一致するな」と口を開いた。

「勝手にしろ」

「本当ですか……⁉」

「ああ」

——こうして、私はすべての家事を任されることになった。

斗真さんの寝室、仕事部屋は入室禁止だけど、また少しだけ斗真さんとの距離が縮まった気がした。

家事代行サービスの斎藤さんとの契約はここで終了したので会えなくなってしまったけど、またどこかで会えたらお礼が言いたい。


その日から三日が経ったが、家事の許可が出たからといって斗真さんの態度は変わらない。

相変わらず会話はあいさつのみで、同じ家に住んでいるのにほとんど顔を合わせない。

家族で暮らしていたときは誰かが家にいると、必ず誰かしらと話していた。今は家に帰ってから話すということがなくなってしまったのでなんとなく寂しい。

その日にあったことや悩みなどを家族に話すのが日課で、一日の振り返りができていた。

一緒に暮らしてから十日が経とうとしているが――誰かと話したい自分がいる。

帰ったらなんでも話せる家族がいる環境がものすごく恋しい……。

だけど、弱音を吐くわけにはいかない。

こんな高級マンションに住んで、なに不自由ない生活をさせてもらえるだけでありがたいのだから。

仕事から帰り、今日は斗真さんの帰りが早かったので一緒に夜ご飯を食べられた。

もちろん会話はない。

斗真さんは先にお風呂に入り、いつものように私はその間に食器を洗う。

そのあと、お風呂に入る準備をするために一度リビングを出ようとしたときだった——。

「髪を乾かし終わったら部屋に来い」

お風呂を出たばかりで髪が濡れたままの斗真さんが後ろからそう言ってきた。

水も滴るイイ男とはこの人のために生まれた言葉なのではないかと思うほど、目にかかる前髪の隙間からのぞくきれいな瞳に……吸い込まれそうになる。

詳しく言われなくてもどういうことを意味するのか——分かってしまうから、まともに呼吸ができない。

一応念入りに体を洗い、髪の毛をいつもより時間をかけて丁寧に乾かした。

コンコン——。

部屋の扉をノックすると、「入って」と言われたのでドアノブをゆっくりと回す。

初めて入る斗真さんの寝室は、リビングのようにシンプルで落ちつく空間。

十畳ほどある部屋の左奥には大きなベッドが置かれていて、そのとなりではオシャレな間接照明が灯りをともしている。

ベッドはダブルサイズくらいだろうか。白いシーツに白いかけ布団、白い枕がふたつある。サテン生地なのか高級感があり、まるでホテルのようだ。

斗真さんはというと、入って部屋の右側にある大きなクローゼットの中からたくさんのスーツを選んでいる最中だった。

明日着るスーツを選んでいるのかな……。

扉の近くで立ったままの私を見かねて、斗真さんが「座ってて」と言ってくれた。

座る場所といってもベッドしかないので……大人しくベッドの淵に浅く腰掛けた。

斗真さんはネイビー色のシャツタイプのパジャマを着ていて、パジャマ姿でも絵になるからすごい。

私は家から持ってきたものしかなくて、シャツタイプでクリーム色でストライプ柄の何年も着ているパジャマだからなんだか恥ずかしい。

……今日は、そういうことだよね。

契約書に書かれていた【月に一回、一緒に寝る日】ってことだよね？

これからなにをするのか考えるだけで、心臓が爆発しそう。

この一緒に寝る日が条件に加えられている理由が、跡継ぎを儲けるためなのが最大の壁だ。

結婚や契約を飲み込んだときは、家族を助けたい一心だったので、そのことについては深く考えていなかった。

……だけど、いざこの日が来てしまうと——緊張で手の震えが止まらない。

スーツを選び終わった斗真さんは私の横に座り、視線を強く感じるので直接見なくても私をジッと見ているのが分かった。

契約書を承諾したからには、しっかりと役割を果たさなくてはいけない……！

「私……っ」

斗真さんのほうを向き、勇気をふり絞って口を開いた瞬間——斗真さんは移動してベッドで横になった。

さらには斗真さんが目をつぶるので、私の頭の中はパニックを引き起こす。

「あ、の……」

「なんだ」

斗真さんのとなりに移動し、横になっている斗真さんを見下ろす。

「今日って……その……」

「緊張しているやつを無理やり押し倒したりしない」

まさかの言葉に、返す言葉が見つからない。

だけど、そう言われてホッとしつつも、これでは妻として失格なのではないかと一気に不安が押し寄せる。

それでもなんて言えばいいのか分からない。

緊張していたのは本当で、今でも手が震えている。

どうすれば正解なのか分からない私に気づいてくれたのか、斗真さんは上半身だけ起き上がると――。

「そんなに怖がるな」とつぶやいた。

怖がっていることに気づいて、気を遣ってくれたの……？

斗真さんのおかげでさっきまでの緊張や不安がウソのようになくなり、気持ちが一気に軽くなった。

今までの斗真さんの冷酷さを身に感じていた私は、跡継ぎを儲けるために強引にでも行為を進めるのかと思っていた。

そんな風に思い込んでいた自分に嫌気がさす。

私が罪悪感に苛まれなくて済むように、私から断りづらいと知っていて斗真さんから話してくれたんだ。

——言葉にしなくても、私の気持ちに気づいてくれるなんて。

斗真さんは、やっぱり本当は思いやりのある人なのかもしれない……。

【手作りのお菓子と社長室】

斗真さんと暮らし始めてから二回目の日曜日。

話があるからと、いきなり斗真さんの弟の蓮さんが家にやってきた。

蓮さんは斗真さんと同じくらい背が高く、明るい茶色の髪の毛に緩くパーマがかかっていてオシャレな感じ。

着ている洋服も水色と白色のストライプのシャツとグレーのスラックスのズボンで、さわやかな印象だ。

顔は薄い唇が斗真さんに似ているけど、目はクリッとしていて違う。

「兄さん、甘いもの好きだろ？」

そう言って蓮さんは手土産に有名店のカステラを持ってきてくれた。

初めましてなのであいさつを交わし、斗真さんと蓮さんはダイニングテーブルで話すことに。

「兄弟で積もる話もあると思うので、私は席を外しますね」

私はそう言ってコーヒーを用意したあとリビングを出ていった。

なにを話しているのか気になったので、お風呂を掃除する体でリビングに戻ってきた。

ふたりとも真剣な表情でお互いを見ていて、私はその横を通り過ぎ脱衣所へと向かう。

「最近は上手くいっているのか？」

扉を開けたままなので、小さくはあるが斗真さんの声が聞こえてきた。

「いろいろあるけど、順調だよ。兄さんはどうなの？」

「俺もやっと新規事業を始められそうなんだ」

「前に言ってた都市開発？　まだ初めてなかったの？」

「ああ。一大プロジェクトだから慎重に行こうと思ってる」

「手堅くやりすぎなんじゃない？」

仕事の話をするなんて仲が良いんだなあと思っていると――。

「部下たちの話なんて無視して進めればいいのに」

蓮さんの口から出てきた言葉が予想外で、思わず耳を疑った。

「社長の言うことは絶対だろ？　それに歯向かう人は切り捨てなよ」

「会社は社員がいてこそ成り立っている。峯島財閥の経営理念を忘れたのか？」

「〝お客様、取引先、株主、社員のみんなに誠実な真心を〟だろ？」

「おまえの考え方はそれと正反対に聞こえる」

「……そうだな。誠実な気持ちは大事だと思うけど、みんなの意見を聞いていたら決まるものも決まらない」

今の話を聞いた限り、蓮さんは自分の意見を最優先するタイプで、周りを見ない傲《ごう》慢《まん》な感じがする。

「兄さんも俺と同じやり方だと思っていたけど、仕事になると意外に部下や周りの意見を取り入れるよね」

「ひとりよがりの経営を続けていたら会社は大きくならない」

斗真さんの声がだんだんと低くなっている気がする。

もしかしたら腹が立っているのだろうか。

「社長が一番偉いんだから、その権限を使うのは俺の勝手だろ？」

「峯島財閥がここまで大きくなった理由のひとつに〝人とのつながり〟があると俺は思っている」

斗真さんはそのあとも続けて話す。

「どんな仕事でも自分ひとりでは成し遂げられない。なにかひとつの仕事を成功させるためには自分以外の力が必要だ」

「それはやってみないと分からないだろ？　結局は跡取りとして選ばれた人に権限が与えられるんだから」

もし蓮さんが跡を継ぐとなったら――峯島財閥が長年守ってきた〝人とのつながり〟をなくすかもしれないと思った。

もしかしたら、斗真さんは峯島財閥を守るためにも跡取りとして選ばれたいと思っているのかな。

「でも、兄さんがいきなり結婚するって聞いてビックリしたよ。結婚式はやらないの？」

不穏な空気が流れたが、蓮さんのその言葉をきっかけに場の空気が変わった。

「今の仕事が落ちついたらやる予定」

「そっか。俺も早く相手を見つけないと」

私はそのタイミングでキッチンに戻ると、斗真さんはいつも通りの表情で蓮さんと話していたのでホッとした。

そのあと知り合いの社長さんと会食があるからと言って、蓮さんは帰っていった。

時刻は夜の六時で、いつの間にか夜ご飯の時間。私はさっそく夜ご飯の準備に取りかかる。

作り終わったので料理をテーブルに並べ、私たちは向かい合って座った。

「斗真さんって、大学在学中に起業されたんですか……？」

私は今しか聞けないと思ったので思い切って聞いてみた。

斗真さんは「ああ」と、うなずく。

「すみません、盗み聞きするつもりはなかったんですけど、さっき蓮さんと話しているのを聞いてしまって……」

「別に謝らなくていい」

「どうして大学在学中に起業したんですか？」

跡取り争いの条件に〝事業を成功させる〟とあったのは覚えているけど、それなら社会人になってからでもよかったのではないかと思ってしまう。

「……経営者として早く一人前になりたかった」と斗真さんが口を開いた。

「峯島財閥の力を借りずに自分の能力だけでどこまでいけるか試したかったのが一番の理由だな」

「大学でも経営について学んでいたんですか？」

「ああ、経営学部を専攻していた。今でも会社経営について勉強している」

峯島財閥を背負うかもしれない身として、その名に泥を塗らないようにたくさんの努力をしてきたのだなと感じる。

斗真さんは嫌な顔ひとつせず答えてくれる。少しだけど心を開いてきてくれたのかな……。

「社長になった今でも勉強しているんですね」

「俺に限らず、どの経営者もやっている当たり前のことだ」

斗真さんは逃げるように食べ終わった食器を流し台に運ぶ。

「どんなに仕事が忙しくても学ぼうというその姿勢がすごいと思います」

同じく私も食べ終わったので、食器を流し台に置きに来た。

「当たり前のことを継続できる人って少ないですよ」

勝手なイメージで、社長という肩書きになると指示をするだけなのかなと思っていたけど……斗真さんの話を聞いているとそのイメージとはかなりかけ離れているみたい。

上の立場になっても自ら知識をつけて会社のために努力できるなんて尊敬する。

これはこのときの私の素直な気持ちだ。

しかし、斗真さんは急にたくさん褒める私に対してどう反応すればいいか分からないようで、なにも言わずにお風呂場へと行ってしまった。

少し踏み込みすぎたかな……と思ったが、こうでもしないと斗真さんは自分のことを全然話してくれないので、このくらい聞いてみてもよかったはず。


そして、ひとつ驚くことがあった。

私の父から譲りうけた土地の詳細を榎本さんが調べた際にある事実が判明した。

実は斗真さんがずっと欲しかった土地で、前に売却を一度断られたらしい。

都心から車で一時間ほど離れている自然豊かで広大な土地を探していたときに見つけて、そこからずっとのどから手が出るほど欲しかったのだと。

偶然だけど、斗真さんの役に立てそうでよかった。

土地の都市開発事業がついに動き出したので、それからの一ヶ月は忙しく斗真さんは家に帰れない日もあった。

帰ってきたとしてもご飯も食べずにお風呂に入って寝るだけ。

そんな日が二週間ほど続いたので、さすがに私も心配になってきてしまった。

余計なお世話かもしれないけど、働きすぎて倒れた身からすると……今の斗真さんもいつ体調を崩してもおかしくない。

だからといって簡単に仕事を休んでほしいとは言えないので、少しでも斗真さんの力になれたらいいなと考えた。

——そこで、前に蓮さんが手土産でカステラを持ってきたのを思い出した。

確か、斗真さんが甘いものが好きだからと言っていた気がする。

疲れているときに甘いものが食べたくなる人は多いと聞く。

持っていったからといって食べてくれるかは分からないけど、なにもしないで斗真さんが倒れてしまうよりは、そうなる前に対処するのが一番いい作戦だと思う。

ということで、私は斗真さんが休日出勤している間にチョコチップクッキーとトリュフチョコを作った。

透明のラメが入っている袋でラッピングをして無事に完成。

明日は月曜日で仕事なので、朝になったら斗真さんに渡そう。

そう思っていたのに、いつもの時間に起きたらすでに斗真さんは出勤していた。

今日も帰ってこられるか分からないし、手作りなのでなるべく早く食べてもらいたい。

私は自分の仕事に出勤し、今日の仕事量がそこまで多くなかったので午後休をとれるか確認すると、有休を全然使っていないのですぐに許可が下りた。

お昼ご飯を食べたあとに電車で斗真さんの会社へと向かう。

受付の女性に名前と用件を伝えると、会議中だから社長室で待っていてと言われた。

受付の女性に社長室へ案内されている途中で蓮さんと偶然会った。

「美鈴さんがどうしてここに？」

「差し入れを持ってきたんです。よかったら蓮さんも食べてください！」

こういうときのために多めに持ってきていた。

私は紙袋からお菓子が入った袋を取り出して蓮さんに渡す。

「作ってきたんですか？」

「はい。斗真さん甘いものが好きだから、これを食べて少しでも疲れが取れたらいいなあと思って……」

「兄さん、最近仕事忙しいんですね」

「そうみたいです。帰れない日もたまにあります」

蓮さんはお菓子を受け取り「ありがとうございます。いただきますね」と言ってその場で一口食べた。

「僕も甘いものが好きなんでよく買って食べるんですけど、これ本当に作ったんですか？」

「お口に合いましたか……？」

「すごく美味しいです」

「喜んでもらえてよかった。また今度作ったら渡しますね」

蓮さんはクシャッと子どものように笑い、「残りはまたあとで食べます」と袋に再び封をした。

「次も楽しみにしてますね」と言って蓮さんは去っていった。


社長室に入ると、大きな窓から入り込んだ日が部屋全体を照らしている。

正面の一番奥に斗真さん専用の高級そうな黒い革のイスと黒い光沢感のある机が置かれている。

真ん中には黒い革の三人ほど座れそうなソファが向かい合ってふたつあり、その間には同じく黒いローテーブル。

黒いインテリアで統一されていて斗真さんらしくシンプルでかっこいい部屋。

いつもここで仕事をしているんだ……。

受付の女性に「ここでお待ちください」と言われ、私はソファに腰を下ろした。

それから約三十分ほどして扉が音を立てて開くと、入ってきたのは斗真さんだった。

私は勢いよくその場で立ち、「お仕事忙しいのにごめんなさい」と謝る。

「渡したいものってなんだ」

「最近お仕事がすごく忙しそうなので、ちょっとした息抜きになったらいいかなと思って……」

私はお菓子の袋を取り出し、斗真さんに差し出す。

「蓮さんが家に来たときに甘いものが好きだと言っているのを聞いたので、お菓子を作ってきました。よかったら食べてください」

斗真さんは「ありがとう」と袋を受け取る。

袋の中からチョコチップクッキーをとって口に入れる。

「美味しい」

「本当ですか⁉　よかったです！」

味見はしたが、斗真さん好みの味になったかは分からなかったので一安心だ。

「本当は家で渡そうと思ったんですが、今日も泊まり込みかもしれないと聞いてたので届けに来ちゃいました」

そのあと反対側のソファに座って斗真さんはお菓子を食べてくれたけど、どう見ても甘いものが好きな人の表情ではない……。

もしかして甘いもの好きじゃない……？

しかし、斗真さんは渡したお菓子をすべて食べてくれた。

「さっき蓮に会ったけど、蓮にもあげたんだな」

斗真さんはお菓子の袋を畳みながらそう聞いてきた。

「はい。たまたまここに来るまでの間に会ったんです。多く作ってきたので渡しました」

ここに来るまでに会ったのかな……？

「蓮さん甘いものが好きみたいで、すごく喜んでくれました。その場でひとつ食べて、すごく美味しいって褒めてくれたんです」

「そうか」

理由は分からないが、斗真さんが心なしか不機嫌なように見える。

仕事で疲れているときにただお菓子を渡すだけで会社に来たのが迷惑だったかな……。

「お仕事忙しいですよね。私そろそろ帰りますね」

私はそう言って社長室を後にした。

私が疲労で体調を崩したときに助けてくれたので、その恩返しができたらいいなと思ったのだけど……。

ひとりになったときに食べて少しでも息抜きになるといいな……。

【斗真ｓｉｄｅ／初めての感情】

急遽、一週間後に俺と美鈴の結婚お披露目パーティーが開かれることになった。

簡単に結婚の報告をするだけではない。

峯島財閥との関係が深い財閥や大企業の社長たちを大勢招き、全員に直接あいさつに回り美鈴の顔を知ってもらうのが目的だ。

社長たちの妻、娘や息子もドレスやスーツに身を包み参加している。

話が弾んで仕事に繋がることもあるから、仕事の幅を大きくできるチャンス。

まだ後継者として選ばれたわけではないが、峯島財閥の後継者候補としてとても大事な場だ。失敗はできない。

しかし、実を言うとお菓子を渡されたあの日から、美鈴とまともに話せていない。

自分でも分からないが、蓮にもお菓子を渡したと聞いて少しモヤッとしたのは事実。

モヤッとするほど甘いものを独り占めしたかったのかと言われるとそうではない。

理由は結局分からないままだ。

だけど、お菓子を作って持ってきてくれたことは嬉しかったから俺なりに感謝を伝えたつもりだった。

それなのに、美鈴からなんとなく避けられている気がする。

仕事が忙しいと知っているから気を遣っているのか……？

俺は黒いスーツを着て、美鈴は榎本が用意したウエストが細くなっている白のドレスに着替えた。スカートの丈はふくらはぎまであり、袖も透け感のある素材でいつもより大人な感じがする。

髪の毛はきれいに編み込まれ、後ろでひとつにまとめられている。榎本が予約したヘアサロンでセットしてきたらしい。

その姿を見た瞬間、素直にきれいだと思ったが……口にしなかった。

「ええ～、それでは、斗真さんと美鈴さんに盛大な拍手をお送りください！」

峯島財閥の会長である祖父、社長である父が簡単に話をし、最後に俺と美鈴が紹介される。

俺と美鈴からもあいさつをし、司会者の言葉で壇上でのスピーチは無事に終わった。

約百人が入れる広い会場で、俺と美鈴は端からあいさつ回りをすることに。

どうなるか不安だったが、美鈴はしっかり妻としての振舞いを見せた。

詳しくどう振舞えばいいか言ったことがないのに、美鈴は会話の途中で微笑んだり、真剣な表情になったり、相手が話しているときは相槌をうち……献身的な妻を完璧に演じた。

すべてのあいさつ回りが終わり、美鈴はホッとした様子。

「お手洗いに行ってきますね」とひとりでトイレに行った。

「斗真、話があるから控室に来れるか」

「ああ、行けるよ」

俺は父に呼び出されたので、父が使っている控室に向かった。

「結婚生活はどうだ。上手くやってるのか」

「仲良くやってるよ」

この結婚が契約結婚だということは美鈴と俺、秘書の榎本しか知らない。

父は俺が人間不信だと知らないから、最初に結婚の話をしたときも特に驚かなかった。

それでも息子の結婚生活が上手くいっているのか気になったらしく、そのあとも美鈴とのことを聞かれたので適当に返した。

五分ほどの話が終わり、会場に戻る。

借りた会場には中庭があり、そこには大きなプールが備え付けられている。

もう外は長時間いると冷えてしまうほど寒くなってきたのでプールに入る人はいない。

「美鈴さんが外の空気に当たりたいと中庭に行かれました」

榎本が耳打ちをしてきた。

「中庭には以前斗真さんに言いよってきた女性たちも数人いるので注意が必要かと」

社長の娘たちか……。

俺は美鈴のあとを追い中庭に向かった。

プールの周りにはいろんな種類のカクテルなどのアルコール類がテーブルの上にずらっと並べられている。

社長の娘や息子たちはお酒を片手に話に花を咲かせていた。

テーブルの前で立ち尽くしている美鈴の姿が目に入った。

「なにを飲もうか迷っているのか？」

俺が後ろから声をかけると、美鈴は俺の目を見たあとにうつむいて「いろんな飲み物があるので迷ってしまって」と答える。

「お酒は？　嫌いじゃないならせっかくだし飲んだほうがいい」

「好きなんですけど、今日はやめておきます。緊張してるから早く酔ってしまいそう」

「まだ緊張がとれない？」

「少しは和らぎましたけど、こういう空間はなかなか慣れなくて……」

慣れない場にいてまったく緊張しないのは難しいよな。

いくら契約とはいえ、こうしてふたつ返事でついてきてくれるのはすごくありがたい。

美鈴は「これにしました」と、アイスティーが入ったグラスを手に取り柔らかい笑顔を俺に向けた。

暗い外で照明のほのかな灯りによって照らされる美鈴の笑顔に、思わずドキッとする。

「斗真さん、今よろしいでしょうか」

榎本の声で我に返った俺は、美鈴から榎本に視線を移す。

最近会えていなかった取引先があいさつをしたいというので、俺は一度その場から離れた。

数分取引先と話し、俺はまた中庭へ向かう。

――すると、プールサイドで女性数人と美鈴が話しているのが見えた。

その瞬間嫌な予感がし、俺は気がついたら走っていた。

「きゃ……っ」

美鈴がひとりの女性に足を引っかけられ体のバランスを崩す。

俺はとっさに美鈴の腰に手を回し自分のほうに引き寄せたが……そのまま美鈴と俺は激しい音とともにプールの中に落ちてしまった。

勢いよく顔を出し息を思い切り吸う。

プールが深くて美鈴は足がつかず手足をばたばたとさせるので、俺は美鈴の腕を自分の首に回してつかまらせた。

「ケホケホ……ッ」

「大丈夫か？」

「ちょっと水を飲んでしまっただけなので、大丈夫です……っ」

俺はプールサイドまで美鈴を連れて歩き、先に美鈴を上がらせる。

ドレスが濡れて美鈴の体にくっついている。

続いて俺もプールから上がり、自分が羽織っていたジャケットを美鈴に羽織らせた。

美鈴を落とした女性とその周りにいる女性の顔がどんどん引きつっていくのが分かる。

周りにいる人は一歩下がってこの光景を眺めていた。

「大丈夫ですか……？」

まるで他人事のようにそう口にする女性に「大丈夫なように見えるか？」と問う。

美鈴は瞬時に目を逸らし両手で濡れたドレスをギュッと握る。

気温はきっと一桁に近い。そんな寒空で全身が濡れてしまったので、だんだんと体温が下がるのが分かった。

「あ、あのこれは……」

慌てた様子で女性が話そうとしたので、俺は「あとで聞く」と女性を見ずに返した。

うつむきその場から動こうとしない美鈴の背中に手を回して太もも裏を持ち上げ、俺は美鈴をお姫さま抱っこする。

「キャッ」と驚いた声を出す美鈴。周りからも驚く声が聞こえてきた。

「首に手回して」

「で、でも、お姫さま抱っこなんて……っ」

「いいから。いつまでもこの格好でこの場にいたくないだろ」

「そうですけど……あっちには社長さんたちがいっぱいいるのに……っ」

遠慮して一向に首に手を回そうとしないので、俺はしびれを切らし強引に美鈴の背中に回していた手で美鈴の腕を自分の首に回した。

ドレスやスーツからは水が滴ったまま俺は会場の中に入る。

中にいた人たちから一気に視線を浴びたが、俺は気にすることなく榎本に「シャワー室を使えるようにして」と指示する。

ついでに俺たちの着替えも用意するように伝えた。俺も美鈴も家で着替えてきたので着替えを持ってきていない。

榎本は全身が濡れた俺たちを見て状況をすぐに把握したのか、事情を聞かずに俺たちをシャワー室に案内した。

「シャワー浴びなくても、着替えるだけで大丈夫です……！」

「黙ってろ。風邪ひくぞ」

抱き上げたときに美鈴の体が氷のように冷たくてビックリした。

自分も寒くて手足の感覚がなくなってきているのを痛感したが、ただでさえドレスで薄着だった美鈴のほうが心配だ。

真冬の冷たいプールに落ちれば一気に体温が下がってしまう。

プール利用者用のシャワー室は男女分けられていて、女性用の入り口で美鈴を下ろした。

「着替えはもうすぐ来るから、入ってこい」

「ありがとうございます……」

美鈴がシャワー室に入るのを確認し、俺もシャワー室へと入った。

シャワーが終わるタイミングでうちの会社のスタッフが着替えを届けてくれた。

今日に限って動けるスタッフで女性がいないので、仕方なく俺が美鈴の着替えのドレスを持っていく。

俺は全身新しいスーツに着替え、女性用シャワー室の中に入った。

個室のシャワー室が三つ設置されていて、更衣室から中はまったく見えない。ただ、シャワーの音ははっきりと聞こえる。

「着替え置いておく」

シャワーの音で聞こえないのか美鈴から返事はない。

ロッカーの上にドレスを置いて戻ろうとしたとき――シャワーの水音に紛れて泣いている声が聞こえた気がした。

泣いてるのか……？

心の中が一気に騒がしくなり、俺は落ちつかないままシャワー室を出た。

「斗真さん、なにがあったか分かりました」

榎本の話を聞くことにした。

スタッフが周りの人に話を聞いたところ、プール付近にいた女性たちがあいさつしたいからと美鈴に近づいた。

その中には以前俺に言い寄ってきた女性がいて、その女性が美鈴の足をわざとひっかけてプールに落としたらしい。

「斗真さんに振られたあとも好意を寄せていたみたいです」

そこにいきなり現れた結婚相手の美鈴に逆恨みして嫌がらせをしたのか……。

「だけど、まさか斗真さんが体を張って助けるとは思いもしませんでした」

榎本は「自分も濡れてしまうのに気にならなかったのですか？」と続けて聞いてくる。

「気づいたら体が勝手に動いていた」

「お姫さま抱っこもビックリしましたよ」

「あのまま大勢の前を歩くのはさすがに恥ずかしいだろ。ましてや自分の結婚披露パーティーの場で、たくさんの社長たちがいるのに」

「……美鈴さんがこれ以上恥ずかしい思いをしないように、ってことですか？」

「まあな」

普段あまり表情を変えない榎本が、口を閉じたままだが口角を上げてなにか言いたげに俺を見てくる。

「なにか言いたいことがあるなら言えよ」

「……いや、斗真さんが仕事以外で人に気を遣ってるところを初めて見たので驚いてしまって」

「おまえの目に俺はそんな薄情なやつに映ってたのか」

「いえ、決してそういう意味ではないんですけど……斗真さんは基本的に他人にはあまり興味を持たないじゃないですか」

確かにそう言われると、自分以外の誰かがなにを言おうがなにをしようが関係ないと思っている。

峯島財閥の人間だから優遇されることもあるが、逆にそれと同じくらい陰口を言われることも多々あった。

ありもしない悪いウワサを流されたり、学生のころは嫌がらせを受けたりした経験もある。

だけど、幼いころから特殊な環境で生活してきたからか耐性がついていたのでなにを言われても気にならなかった。

峯島財閥の人間として生まれたくて生まれたわけではない。与えられた環境で生きていくしかない。

だからこそ、他人が自分をどう思おうと興味がなかった。

「美鈴さんを気にかけているということは、美鈴さんに興味があるんですか？」

「気にかけているというか、一応あの場は夫として対処しないといけないと思った。ただそれだけだ」

美鈴だからではなく、妻を演じるのが美鈴だったからというだけ。特別な理由はない。

……そう言いながらも、美鈴がさっきシャワーをしながら泣いていたのを思い出し胸の奥が締めつけられる。

「あのー……」

シャワー室から美鈴の声が聞こえたので「どうした」と返事をする。

「ドレスの背中側にチャックがあるのでつけてほしいんですけど、いいですか……？」

俺に言っているのか分からず榎本の顔を見ると、「行ってあげてください」と言われる。

再び中に入ると、髪の毛は濡れたままで新しいドレスを着た美鈴が恥ずかしそうに立っていた。

確認すると、淡いピンク色のドレスには腰から背中にかけてチャックがついている。

美鈴は前がはだけないように両手でドレスを押さえる。

「こんなことまですみません……」

「謝らなくていい」

チャックを閉めるときに一瞬だけ美鈴の肌に指が触れてしまい、美鈴の体が少しピクッと反応した。

「ありがとうございます！　本当にいろいろと助かりました……」

美鈴は勢いよく俺に向かって頭を下げる。

「顔上げて」

「え……？」

メイクは崩れ、せっかくのヘアセットは濡れて台無し。そして……想像通り、美鈴の目の周りが少し腫れている。

「泣いていたのか？」

美鈴の顔に向かって手を伸ばすと美鈴はギュッと目をつぶる。

俺はそっと美鈴の腫れた下まぶたに触れた。

さっきまで冷たかったが、温かい体温を感じホッとする。

「なに言ってるんですか。泣くわけないじゃないですか……」

「このドレスを置くときに泣く声が聞こえた。今も目が腫れている」

「……っ」

すると、我慢していた気持ちが抑えきれなくなったのか、美鈴の目から一粒の雫がこぼれ落ちた。

俺はその雫に触れ……そのまま優しく拭う。

――生まれて初めて人の涙に触れた。

静かに泣く姿があまりにもきれいで……俺は美鈴の手を引き寄せてその小さな体を抱きしめた。

気がつくと体が勝手に動いていた。

「びっくりしちゃっただけなんで、全然大丈夫ですよ……っ」

突然抱きしめられたから動揺しているのが伝わる。

「気にしないでください……」

こんな風に泣かれたら気にしないのは無理だ。

「足を引っかけられたんだろ?」

美鈴は静かにうなずいた。

慣れない場で緊張していたはず。そんなところでプールに落とされ、大丈夫なはずがない。

美鈴が無理に笑おうとすればするほど、俺の胸の奥が絞めつけられる。

こんな感情初めてで自分がなにを感じているのか分からない。

ただひとつ言えるのは――これ以上、美鈴には傷ついてほしくない。

「謝らないといけないのは俺のほうだ。怖い思いをさせて悪かった」

「斗真さんが悪いわけじゃないんだから謝らないでください……っ」

「俺のせいだ。ごめんな」

俺は美鈴の目元から頬に手を下ろし、頬を指で撫でる。

「二度とこんなことさせないようにする」

涙を流しながら、美鈴は「ありがとうございます……っ」と両手で自分の顔を覆った。

「もう泣くな。メイクが崩れるぞ」

「すでに顔ぐちゃぐちゃです」

「こっち向いて」

「い、嫌です」

「元々きれいな顔をしているんだから平気だろ」

「き、れい……!?」

頑なにこっちを向こうとしなかったのに、美鈴は両手を外すと目を丸くして俺を見上げてきた。

普段人を褒めないが、美鈴を前にすると自然と言葉が出てくる。

ほんの少し頬が赤く染まっている気がするのは気のせいだろうか。

メイクは崩れているが、少し手直しすれば人前に出られそう。

「なんで驚く？　きれいなんて数えきれないほど言われてきただろ」

「……そんなことありませんし、誰に言われても嬉しいわけじゃないです」

「今は嬉しそうに見えるけど」

「……それは、斗真さんが褒めてくれると思わなかったからです！」

本当のことを言っただけなのに、美鈴は慌てたように俺の横を通り過ぎてシャワー室を出ようとする。

「もうひとつ、謝りたいことがある」

「……なんですか？」と、立ち止まった美鈴は振り返る。

「最近、さすがに冷たかったなと……」

「私の妻としての自覚が足りなかったのがいけないので、気にしないでください」

明らかに俺の態度が冷たかったのに、美鈴は一切俺を責めない。

「あ、でも聞いてもいいですか……？」

「なんだ」

「お菓子はまた作ってもいいですか？」

「別に構わない」

「よかった……」

美鈴はさっきまで涙を流していたとは思えないほど、心底嬉しそうに笑う。

目が細くなり顔がクシャッとなる笑い方。

……かわいい、と思った。

お菓子を作る許可をもらっただけでここまで喜ぶのは予想外。

「作るのが好きなのか？」

「そういうわけでもないんですけど……」

お菓子を作るのが好きというわけじゃないなら、どうして喜んでいるんだ？

そこで思い浮かんだのは――蓮の顔。その瞬間、あの日と同じようにまたモヤモヤとし始める。

あー……なんなんだ、この鬱陶《うっとう》しい感情は……。

「他のやつには作るなよ」

気づいたら、そんなことを口にしていた。美鈴がまた蓮になにかをあげると思うと心が落ちつかない。

「これからは斗真さんにしか作らないので安心してください」

「……ああ」

「斗真さんって甘党だったんですね」

「……なんでそうなる」

「だって、他の人に作るなっていうのは、お菓子を全部独り占めしたいってことですよね？」

美鈴のその言葉を聞いても、まったく腑に落ちない。

甘いものは確かに好きだが、独り占めしたいほど好きなわけじゃない。

ライバルでもある蓮に対して対抗心を抱いているからだろう。

「そうだな。これからは美鈴が作ったお菓子は独り占めさせてもらう」

俺がそう言うと、美鈴は照れながら「頑張って美味しいものを作りますね」と小さくつぶやいた。

シャワー室を出ると、榎本のとなりにはヘアセットをしてくれたヘアサロンのスタッフが立っていた。

「最後のあいさつもありますので、ヘアメイクのお直しをできるようにお呼びしました」

「助かる。控室の場所は榎本が案内してくれ」

「承知しました」

美鈴と榎本、ヘアサロンのスタッフは控室へと向かった。今日のパーティーもまもなく終了の時刻になる。

――そんなとき、美鈴をプールに落とした女性を見つけた。

会場の端で女性数人とその父親である社長たちが立っている。

俺に気づいた社長たちは、頭をぺこぺこと下げながら近づいてきた。

「申し訳ない。今回は私の娘の不注意で斗真くんと奥様がプールに落ちてしまったと聞きまして……」

なるほど、不注意で落ちたとウソをついたのか。

足を引っかけてプールに落とす姑息なやつが、本当のことを言うわけがない。

そんな見え透いたウソを信じ込むこの父親も同類だな。

美鈴のことをチラッと見ただけで心配する様子もなく、苛立ちだけが増していく。

「娘さんと話がしたいので、三人で話をしてもいいですか？」

「も、もちろんです！」

少し離れたところに首謀者であろう女を呼び出した。

「今回はすみませんでした！　美鈴さんと仲良くなりたくて近づいたときに足が引っかかってしまったみたいで……」

「演技しなくていい。全部分かっている」

「……演技だなんてっ」

女は美鈴に「私、わざと足を引っかけてなんていませんよねっ？」と眉をハの字にして問いかける。

直接そう言われた美鈴はなんて返せばいいのか分からなくなってしまったのか、言葉に詰まり困惑しているのが分かった。

「美鈴の足をわざとひっかけてプールに落としたところをこの目で見た」

美鈴が人に対して怒りの感情をぶつけるタイプではないのは分かっている。

女に直接本心を言うのは難しいだろうと思い、俺が事実を口にすると――。本当のことを言われてなんて返せばいいか分からないのか、女は急に黙り込んだ。

「だって、私のほうが絶対に斗真さんを好きですもん！」

女が急に声を荒げたので、美鈴の体がビクッとなった。

「俺が結婚したいと思ったのは彼女なんだから、おまえの気持ちなんて関係ない」

正直、今顔を見て前に告白されたことを思い出した。俺にとって他人との記憶はその程度。

「第二夫人でもいいです」

開き直った女はとんでもない提案をしてきた。

目の前に妻がいるのにそんなことを言えるなんてどんな神経をしているんだ？

答える気にもならない。

「これ以上怒らせないでくれ。いいか、二度と俺たちに近づくな」

「で、でも……っ」

「それが守れないなら、峯島財閥としてそれ相応の対処をさせてもらう」

俺のその一言で事の重大さがやっと分かったのか、女は「二度と斗真さんたちの前には現れません」とはっきりと誓った。

「美鈴さん、今回は本当に申し訳ありませんでした」

「いいえ、もう大丈夫です……」

女は最後に深く頭を下げ、俺たちの前から去っていった。

なんとか問題は片付いたので、父と祖父の元へ向かい騒動の説明を軽く話す。

「おまえがちゃんと話をしたならそれでいい。おまえと美鈴さんの問題だからな」

祖父はそのあとに、「おまえが全力で守ってやりなさい」と続けた。

誰かを心から愛したら、相手を全力で守ってあげたいと思うようになるのか。

俺にはまだその気持ちが分からないから、どういうときに感じるのか謎だ。

このまま生きていけば、永遠に分からない気持ちだろう。

……だけど、不思議なことに美鈴といると自分が自分じゃないみたいな感覚に陥ることがある。

誰に対しても感情がゼロなのに、美鈴はなぜか気になってしまう……。

得体の知れない感情に違和感を覚える。

——いったいこの気持ちはなんなのだろう。

【好きって、厄介で面倒で……】

恋の始まりというのは交通事故のようなものだと誰かが言っていた。

交通事故のように、突然起こるからららしい。

誰かを好きになったのは高校生が最後かもしれない。それも、弓道部の先輩で女子人気が一番の人だった。

叶わなかったけど、先輩を好きだったあのころは今でも大切な思い出だ。

片想い特有のあの甘酸っぱい感じ……懐かしい。

どうして先輩を好きになったのかは思い出せない。いつの間にか好きになっていたのだろう。

——恋は、コントロールできない。

だからこそ、好きになろうとして好きになるわけではない。反対に好きになってはいけないのに好きになってしまうときもある。

まさに……今私は現在進行形で悩まされている。

悩みの相手はもちろん斗真さん。あいさつすらも素っ気ないのでついこの間まで冷たくて無慈悲な人だと思ってた――。

けど、無慈悲とは正反対の人だった。

結婚披露パーティーでは、プールに落ちそうになった私の元にやってきて助けようとしてくれたり、抱っこして運んでくれたり、そのあと感情が抑えきれず泣いてしまった私を慰めてくれたりと……とにかく私に寄り添ってくれた。

あの状態の私を助けるとなると自分もプールに落ちてしまうと斗真さんは分かっていたはず。

それなのに濡れるのを顧みずに私のために動いてくれた斗真さん。

あの日の行動は私が大勢の前で恥をかかないようにしてくれたのだと秘書の榎本さんからあとで聞いた。

シャワー室から出たときに斗真さんと榎本さんの会話を少しだけ聞いてしまった。

『斗真さんが仕事以外で人に気を遣ってるところを見たことがないので驚いてしまって』

榎本さんの言葉にビックリした。

斗真さんは話す態度が冷たかったり、言葉が素っ気なかったりするけど、なんだかんだ気にかけてくれていると思う。

朝から夜まで働いていると知って私の体調を心配し、初めて一緒に寝る日も私が緊張しているのを察してただとなりで眠っただけだった。

それは斗真さんが私のことを気にかけてくれた証拠。

もしかしたら優しい人なんじゃないかと勝手に思っていたけど、結婚披露パーティーをきっかけにその考えは確信へと変わった——。

ここ最近、実は私の中で変化があった。

斗真さんが私とちゃんと向き合って話してくれるとものすごく嬉しくて、鼓動が速くなり、斗真さんに触れられるとドキッとしてしまう。

斗真さんに優しくされればされるほど、斗真さんのことを考える時間が増えていると気づいた。

——斗真さんといるときだけ、自然と体温が上がる感覚がする。

この感覚……まさかね……。

好きになってはいけないという条件は覚えている。

『気にかけているというか、一応あの場は夫として対処しないといけないと思った。ただそれだけだ』

榎本さんにそう話しているのを聞いてしまった。

斗真さんにとって私はあくまでも跡取り争いで必要な妻を演じてくれる人。

書類上で手続きをして、大勢の前で結婚の報告をしたとしても……本当の夫婦にはなれない。

ただドキドキしているだけ。好きなわけじゃない。


冬空がきれいな十二月のある日。

もうすぐクリスマスということで、外に出るとクリスマス一色で世間はにぎわっている。

私はというと、どうしても無意識に斗真さんを目で追ってしまう。

初めて会ったときからかっこいいのは知ってたはずなのに、最近さらにかっこよく見える。

なるべく気持ちを隠すために、話すときも斗真さんの目を見ないようにしている。

今日は仕事が早く終わったので、珍しく私と同じくらいの時間に仕事から帰ってきた。

簡単に夜ご飯を作り、一緒にテーブルで食べているとき——。

「パーティーのお詫びに、次の土曜日にふたりで出かけようか」

斗真さんがいきなりそう言ってきた。

ふたりで出かけるって、デートってこと……⁉

「そんな……っ、全然お詫びされるようなことじゃないですし……」

「結婚してから忙しくて息抜きできてないだろ」

「そうですけど……」

「夫婦として出かけていないのが怪しまれるというのもあるが、日頃家事をしてくれているお礼もしたいしな」

私が半ば無理やり家事を始めたから、斗真さんがどう思っているんだろうと実は気になっていた。

斗真さんの役に立てればいいなと思っていたが、今の言葉を聞いて短い時間ではあるがこの同棲期間が報われたように思える。

確かに、斗真さんと一緒に住んでからは外に出かけてない。

少しの間だけど借金を背負って大変な生活をしていたから、外に出るとどうしてもお金がかかるため自然と家の中で過ごすようになっていた。

洋服はオンラインサイトで買えるし、スーパーでお惣菜を買えば外食しなくても美味しい料理がすぐに食べられる。

……だけど、ずっと家の中で過ごすのも最近飽きてきたところだった。

外に出て街の中を歩くだけでもいい気分になれる。気分転換になりそう。

それに、街の中をふたりで歩けば仲が良い夫婦アピールもできるし一石二鳥だ。

「デート、分かりました」

本当はすごく楽しみだけど、それを前面に出すと私が斗真さんを好きだと思われてしまいそうだから冷静さを装った。


デート当日。

正式なデートじゃないとしても、昨日の夜はなにを着て行こうか考えるのに一時間もかかってしまった。

白のタートルネックのニットに黒のスカートに黒の薄いタイツを履き、これだけじゃ寒いのでその上にグレーのコートを着て、ひざ下丈のロングブーツを履く。

「そろそろ行こうか」

家を出る前にキッチンの片づけをしていると、私服姿の斗真さんが現れて思わず目を奪われた……。

黒のタートルネックのニットにストレートな形の暗い色のデニム、その上に黒のコートを羽織っている。

斗真さんは身長が高く顔が小さいので、なにを着ても絵になるからずるいなあ。

いつも車で移動するときは運転手の人がいてマンションの前に車を停めて待ってくれている。

だけど、今日はデートだから斗真さんが運転するらしく、まず向かったのはマンションの地下にある駐車場。

いつも乗せてもらっていた車は仕事に使う移動用の車で、今日乗るのはプライベート用の車。

「乗っていいよ」と言われたのは、車に詳しくない私でも知っている海外の有名な高級車で――さすがに乗るのに躊躇《ちゅうちょ》した。

斗真さんが運転席で私が助手席に座る。今までは後部座席に座っていたから、なんだかこの位置が落ちつかない。

普段あまり運転をしないという割には運転に慣れている感じがして、気づかれないようにチラチラ見ながらときめいていた。

まず向かったのはビルの最上階にあるプラネタリウム。

チケットは斗真さんが事前に買ってくれていたので、スムーズに入場できた。

よくあるプラネタリウムとは違い、座席が並んでいるだけではなく、前のほうに丸い形のベッドのようなシートがある。

ペアで楽しめるプレミアムシートというもので、友達やカップルで利用する人が多いのだとか。

少し非日常感が味わえて楽しそう。私は魅力的に感じるけど、斗真さんはむしろこういうの苦手だろうな……。

そう思っていたら、まさかの斗真さんが一番奥のプレミアムシートに腰を下ろした。

「ここで見るんですか……？」

「ああ。嫌か？」

「私は嬉しいんですけど、斗真さんこういう目立つ場所は嫌なのかと思ってたので……」

「横になれるから楽に見られるだろ」

それを聞いて、斗真さんがプレミアムシートを選んだことに納得。

せっかく来たのだから、思いっきり楽しもう！

心の中で自分だけ本当のデートだと思って楽しむのは契約違反じゃないよね？

大きめなクッションがふたつあり、そのひとつに斗真さんが頭をのせてさっそく仰向けになったので、私も続けてとなりに寝転ぶことにした。

いつも斗真さんからはシトラスのいい匂いがする。そこまできつくない匂いなので、もっと近くで嗅いでみたいなと思ってしまう。

ここで本当の夫婦なら、手を繋いだりもっと体を密着させたりするんだろうな……。

まだなにも映らない天井を見つめながらそんなことを思っていると、「斗真さん？」と男性の声が聞こえた。

声がしたほうに顔を向けると、結婚披露パーティーに来ていた斗真さんの仕事の取引先の社長さんとその奥さんがいた。

私と斗真さんは急いで上半身を上げ、斗真さんは「この間はパーティーに来てくださりありがとうございます」とお礼のあいさつをした。

「なんか見覚えのある人がいるなあと思ったら、まさかの斗真さんだからビックリしましたよ」

「久しぶりに休みが取れたので、ふたりで出かけようかと」

「休日にこんなところに来るなんて仲が良いんですね」

「小野《おの》さんたちも同じじゃないですか」

「ははっ、確かに。お互いに仕事はほどほどにして妻に還元しないといけないですね」

「そうですね」

小野さんという人は「では、また仕事で」とその奥さんも一緒に会釈をして、反対側の奥のプレミアムシートに座った。

「仲良い夫婦アピール成功ですね」

私は斗真さんにだけ聞こえるような小さな声で囁《ささや》く。

「なら、もっと仲良いところを見せつけようか」

「……え？」

突然の提案に思考が停止し、斗真さんをただ見つめていた。

斗真さんは私の首の下に腕を回し、私は腕枕される形に。それで終わりではなく、腕枕したほうの腕で私の体ごと引き寄せた。

近い近い……っ。

斗真さんとの距離はゼロ。斗真さんの体と私の腕が当たっている。

私の両手は行き場を失い、自分の胸の前でギュッと握る。

シトラスの香りがいつもより濃く感じて、ドキドキが加速していく――。

これは仲の良い夫婦を演じているだけ。

頭ではただの演技だと分かっているのに、心はちっとも言うことを聞いてくれない。

それなのに、斗真さんは顔色ひとつ変えない。

そんな斗真さんを見て、こんな気持ちなのは自分だけなんだと現実を突きつけられ……胸の奥がギュッと締めつけられた。

そのあとプラネタリウムが始まり、私は斗真さんに腕枕をされたまま見ていた。

小学生以来のプラネタリウムで純粋にきれいで楽しめたのだが、正直半分くらいの意識は斗真さんに向いていた。

私は斗真さんへのドキドキとプラネタリウムを見た感動で大満足だった。

そのあとは、たまたま私がずっと食べたかったアイス屋さんが同じビルの中にあるので、アイスを食べに向かった。

しかし、テレビで取り上げられるほどの人気なお店なので、案の定お店の前には長蛇の列が。見る限り一時間以上は待つと予想される。

私は一時間待っても食べたいけど……。

斗真さんはこのお店を知らなかったみたいだし、今度私が休みの日にひとりで来ればいい。

「並んでるし、他のお店を見てみましょう」

「せっかく来たんだから食べよう」

斗真さんは悩むことなく最後尾に並ぶ。

「でも……」と並ぶ決心がつかない私にしびれを切らした斗真さんは、私の手首をつかみ強引に列に引き込んだ。

つかまれた部分だけが熱くなる。

「ここまで並ぶほどのアイスは俺も食べてみたい」

斗真さんの言葉の意図が私が気を遣わなくていいようにしてくれたのか本心なのか分からないけど、その言葉のおかげで気持ちが軽くなった。

一時間待ちと言っていたけど、実際に待ったのは四十五分くらい。

いつもふたりでゆっくり話せないので、この間にお互いがどんな幼少期だったのかを話した。

私はこう見えて活発で、放課後は学校や公園で友達とよく鬼ごっこをしていた。

斗真さんもボール遊びが好きで、友達とよくサッカーやバスケをして過ごしていたらしい。

意外と話は途切れなくて、あっという間に時間が過ぎていた。

私たちの順番が来たので、さっそく店内へと入る。

海外に本店があるアイス屋さんで、いろんな種類のアイスと豊富なトッピングがある。

一番の特徴はアイスの中にドライフルーツが混ざっているので、それが写真映えする、と若者の間で話題になりここまでの人気店になったらしい。

私はストロベリーアイス、斗真さんはチョコアイスにバナナのトッピングをしたものを注文した。

座席に案内され、念願のアイスを口にしようとしたそのときだった——。

となりの席に座る幼稚園生くらいの小さな女の子がカップごとアイスを落として泣いてしまった。

落ちたアイスの大きさを見る限り、きっとまだ一口か二口くらいしか食べていない。

私は、その子に「いちごのアイスは好き?」と聞いてみる。女の子は「うん」と涙を手で拭いながら答えた。

「よかったらなんですけど、私まだ口をつけていないので食べてください」

女の子のお母さんにそう言うと、お母さんは「いえいえ、それはさすがに悪いです……!」と断ってきた。

でも、女の子の目からはずっと涙がこぼれ落ちていて、泣きすぎてしゃっくりが出始めた。

「私、何回もこのお店のアイス食べてるんです。だから気にせず貰ってください」

すると、お母さんは「本当にありがとうございます……！　ほら、お姉さんにお礼言って？」と頭を下げる。

女の子も「お姉さん、ありがとうっ」と涙を止めて笑ってくれた。

美味しそうにアイスを食べる女の子を見て心の中が温かくなる。

しかし、私が食べたいから斗真さんも一緒に一時間も並んでもらったのだと思い出した。

自分の前にアイスはなく、恐る恐る目の前に座る斗真さんに目を向けると――。

斗真さんは顎に肘をついて片方の口角をあげて私を見ていた。

笑って、る……？

「俺のを食べていい」

斗真さんは自分のアイスを私の前に移動させてきた。

「いやいやそれは……っ」

「自分が優しくするのはいいけど、人の優しさは無下にするのか？」

「……それは……」

「じゃあ、半分ずつ食べよう。それでいいだろ？」

「……じゃあ、半分貰いますね。ありがとうございます」

口どけがよく、ドライフルーツの触感がいいアクセントになっていて新鮮で美味しかった。

斗真さんも美味しそうに食べていたので嬉しくなったのと同時に……半分くれた優しさが、あとから押し寄せてきた。

斗真さんの優しさは分かりにくいけど、私にはちゃんと伝わっている。

斗真さんは不器用な優しさを持つ人なんだ――。

アイスを食べ終わったあとはビルの中のお店を少しだけ見て、日が暮れてきたころに車に乗って次の場所へ移動した。

斗真さん行きつけのフランス料理店で、予約しておいてくれたらしい。

「こんな格好で大丈夫ですか？」

「俺も今日はラフな服装だし気にしなくていい」

斗真さんはそう言うが、入ってみたらイメージ通りの高級なフランス料理のお店で、足を一歩踏み入れる前に一度気を引き締めた。

席につき、メニューは斗真さんにお任せすると、彼はコース料理を注文してくれた。

慣れない場所での食事に、私は体に力が入り硬直していた。

「そういえば、パーティーで美鈴をプールに落とした女の顔は覚えてるか？」

「覚えてますけど、どうしてですか？」

「やっぱり、ちゃんとしたペナルティを課そうかなと考えてる」

あの日、斗真さんはシャワー室で『二度とこんなことさせないようにする』と言ってくれた。

そのあとに女性に直接話して対処してくれたのも覚えている。

「そんなことしなくていいです。あの人も、気が動転してやってしまっただけかもしれないし……」

斗真さんは深いため息をついた。

「生粋のお人よしだな。それで舐められたままでもいいのか」

低い声で冷たく言い放つ。

「舐められても大丈夫です。斗真さんがちゃんと相手の人と話してくれたのを見ていたので」

「本当にいいんだな」

「それで充分です。斗真さんが私の味方でいてくれるなら、それ以上はなにも望みません」

　そのタイミングで前菜が運ばれてきた。前菜は鮮やかな色の野菜とサーモンのマリネ。

「さっきのアイス屋でもそうだけど、どこまでもお人よしだよな」

　斗真さんは相当私に対して呆れているのか、笑いながら話をする。

「両親が生粋のお人よしなんです。私が小学生のときに嫌がらせをされたとき、『嫌なことをされたからって嫌なことをし返してはいけないよ』って言われたんです」

「へえ」

「人は鏡だから、相手が怒り口調だったら自然と自分も怒り口調になってしまう。そうならないためにも、人に優しくすることが大事なのよと」

「素敵な両親を持ったな」

「人に優しくしてたら、必ず人も自分に優しくしてくれるようになるからって教えてもらいました」

　私のこの頑固なほどお人よしな性格は完全に両親譲りであり、両親の教えから定着した。

もちろん生きていてなんでも許せるわけではないけど、意見が食い違ったときに相手の気持ちになって考えてみると、意外と納得できる。

相手に寄り添えば、見える景色が変わる。

「……まあ、結果的に人を信じすぎて父は騙されちゃいましたけど」

斗真さんから返事はないものの、ときおり私の顔を真剣に見ながら聞いてくれているのが分かる。

「そんな父親を見て、少しは人を疑おうとは思わなかったのか？」

「不思議と思いませんでした。騙す人もいるのだと学びはしたけど、みんながみんなそういう悪い人ではないと思ってるので」

「そんなのどうして分かる？　信じていた人に裏切られたときはものすごく辛い。それなら最初から疑っているほうが、もし裏切られたとしても傷が少なくて済む」

まるで斗真さんは信じていた人に裏切られた経験があるかのような言い方。

人を信じられないと言ってたことがあるけど、それに関係してるのかな……。

誰かを好きになることはないと言い切っていたのも引っかかる。

……斗真さんが過去に負った傷を癒すことができれば、もしかしたらまた誰かを信じられるようになるかもしれない。

「それでも、私は人に優しさを与える人間でいたいです」

「…………」

「誰にも興味がなくなってひとりでいるくらいなら、誰かを好きになって信じられる人生がいいです。相手を知って、自分も知ってもらいたい」

「裏切られて多額の借金を負っても？」

「はい」

「騙されたり、傷つけられたりしても？」

「……だって、もうひとりじゃないですから」

斗真さんのスープを飲む手が止まる。

味方が誰もいなくてひとりで戦わなきゃいけないならここまで前を向けないと思う。

今まで歩む足を止めずにいられたのは、いつもそばに家族がいたから。

今は離れた場所に住んでいるけど、いつでもお互いに助けを呼べば駆けつける。

そして今は――。

「斗真さんの提案を信じたからこそ、今こうして幸せな生活を送れているのだとしたら……あのとき、思い切って斗真さんのことを信じてみてよかったなって思うんです」

「…………」

「斗真さんと契約結婚した選択は、間違っていなかったってことですよね」

斗真さんは一口スープを口に運ぶ。

どうしよう……さすがに熱く語りすぎちゃったかな。

いくら反論せず話を聞いてくれていたとしても、内心はものすごく呆れていたかもしれない。

というか、もうこいつとは分かり合えないとか思われてたらどうしよう……っ。

好きになってもらえないことは分かっているから、好きになってほしいとは思わないけど……嫌いになられるのは結構辛い。

もちろん斗真さんが言うように他人のことを信じるのが難しいのは分かる。

生まれた場所、育った環境、それぞれ違うから相手がどんな人なのか百パーセント理解はできない。

それでも、親しくなりたいと思う人と向き合いたいと思うのは間違っているのだろうか……。

「美鈴と話していると、そういう考えもあるのかと素直に思える」

次の料理が来て食べているときに――斗真さんが突然口を開いた。

その言葉が予想外すぎて、聞き間違いかと思ってしまった。

「こんなに一方的に話してるのにですか……？」

「ああ。それがおもしろくてもっと聞きたくなる」

嫌気がさしてるものだと思っていたから、驚きと嬉しさとで感情がおかしい。

斗真さんの考えが完全に変わったわけではなさそうだけど、少しでも人に対する向き合い方が変われぱいいな……。

【斗真side／過去と現在】

正直、最近までは美鈴がどんな行動をしてもなにも思わなかった。

どんなときも自分よりも他人を優先して、自分が不利な立場になったとしても揺らがない。いつか損してしまう性格だなと勝手に心配していた。

出会ったときからまっすぐで純粋な性格で、過ごす時間が長くなればなるほど……生粋のお人よしなんだと実感する。

俺は最初、その優しさすらも上辺だけだと思い、本当は計算しているのではないかと疑っていた。

しかし、そうではなかった。

お詫びで誘ったデートでも美鈴のいつものお人よしは全開で、逆に期待を裏切らないので思わず笑みがこぼれてしまった。

フランス料理を食べながら話しているときに、『そんな父親を見て、少しは人を疑おうとは思わなかったのか？』と意地悪な質問をしても、美鈴ははっきりと自分の考えを口にした。

『誰にも興味がなくなってひとりでいるくらいなら、誰かを好きになって信じられる人生がいいです。相手を知って、自分も知ってもらいたい』

そう熱く語る美鈴の瞳には一切迷いがなかった。

ここだけの話。妻として健気に尽くし、他人の幸せを願える美鈴が——気になる。

誰かに対してここまで気持ちが動くのは初めてだ。

……自分の気持ちの変化に気づいたが、初めてのことで戸惑いを隠せない。

仕事で忙しくしていたら、気づけばクリスマスとお正月が終わっていた。

美鈴からは手作りのクリスマスディナーと、クリスマスケーキを貰った。

お礼は伝えたが大した反応もできなかったのに、美鈴は無邪気な笑顔で嬉しそうにする。

もっとその笑顔が見たいと思う自分は……やっぱりいつもと違う。

自分が自分じゃないような感覚に襲われながらも、俺は都市開発を進めていった。

都市開発事業のスタートアップは成功したのはいいものの、建物の建設に関しては地域の人たちの理解を得なければ話を進められない。

ということで、地域の住民を呼んで説明会を開いた。

今建てられている住宅を撤去したり移動したりしないのだが、商業施設や病院などが建てば交通面で影響が出てしまう。

なので、やはりふたつ返事をしてくれるはずもなく——年明けに再び説明会を開くことになった。

そして後日、都市開発には峯島財閥が関わる仕事が多数あるので、父の会社のビルで都市開発報告会を開催した。

フロアすべてが会場になっていて、今回は峯島財閥の役員や株主たちを多数招いた。

蓮も見学したいからと後ろのほうで立って参加していた。

都市開発計画の流れを一通り説明し、次にまだ結婚報告ができていない人たちの元へ美鈴とあいさつをしに回る。

結婚披露パーティーのときは白いドレスを着ていたが、今回は黒のラメが入っているタイトなドレス。髪の毛も下ろして緩く巻かれているので、印象がガラッと変わる。

しかも、オフショルダーで肩が出ている。若干露出が多くないか？

そのせいか、男性たちの視線が美鈴に集まっている気がする。

——いい気はしないが、妻として覚えてもらうのにはいいチャンスかもしれない。

テーブルごとにあいさつをし、株主たちのテーブルにやってきた。

美鈴を見るなり「随分きれいな子を嫁さんに貰ったんだねえ」と口にし、美鈴の全身を舐めまわすように見てくる。

「いやあ、私があと三十年遅く生まれていればねえ」

六十代くらいの株主の男性が美鈴の細い腕に触れた。

俺は美鈴の腰を抱いて自分のほうへ引き寄せ、男性から美鈴を離れさせる。

「なにをおっしゃるんですか、奥様もおきれいじゃありませんか」

「んーまあな……昔は引く手あまただったらしいからなあ」

「今も変わらずご夫婦仲良しだと聞いています。私たちも見習って仲良い夫婦でいられるように頑張っていこうと思います」

男性は俺の言葉ですっかりご機嫌になったので、長くならないうちに会釈をしその場を後にした。

腰を抱いたまま次のテーブルへ向かう。

「助けてくれてありがとうございます……」

「大丈夫だったか？」

「はい、腕を少し触られただけなので。あの……それよりも……」

「ん？」

周りの音がうるさいのに加えて美鈴の声が小さく、なにを言っているのか全然分からないので、俺は腰をかがめて美鈴の顔に自分の耳を近づけた。

「腰は……いつまでこうしてるんですか……？」

腰を抱かれているのが恥ずかしいのか、美鈴は顔を真っ赤にしながら言いづらそうにつぶやいた。

「変な虫がつかないためには最適だろ」

「……変な虫ってどういうことですか？」

「男たちは美鈴ばかり見ている。またさっきみたいに触られてもいいのか？」

「それは嫌ですけど……みなさん私なんて見てないですよ？」

美鈴は「今日は黒の落ちついたドレスですし、斗真さんの勘違いじゃないですか？」と続ける。

鈍感なのか謙虚なのか……。

美鈴は自分の魅力をすごく低く見積もっているようだ。

滅多に腹が立つことはない俺が腹が立つくらいに――男性たちは美鈴の美しさの虜《とりこ》になっている。

次のテーブルに向かう途中、前から歩いてきた女性がよそ見をしていたので美鈴とぶつかりそうになった。

「キャッ……」

俺は美鈴の腰をそのまま自分のほうに引き寄せ、抱きしめる形でぶつかるのをなんとか防いだ。突然抱きしめられた美鈴は高い声を出す。

「すみません……！」

「大丈夫です」

女性は謝ると早歩きで自分の席へと行ってしまった。

「いきなり悪かった、大丈夫か？」

「大丈夫です。ありがとうございます……っ」

美鈴は体を俺に密着させたまま上目遣いでお礼を言う。

ほんのりピンク色になっている頬がかわいくて、なにも考えずに気がついたら美鈴の頬に触れていた。

「斗真さん……？」

美鈴の困った声で我に返り、急いで頬から手を離した。

「次のあいさつに行こうか」

平静を装い、次のテーブルへ。

勝手に体が動いて美鈴の頬を触っていた。無意識に自分の体が動くなんて初めてだ。

……なんか、今日は特に調子が狂う。

あいさつが一通り終わったので、俺と美鈴も軽く料理を食べることにした。

自分たちのテーブルに座り、運ばれている料理に手を付ける。

すると、美鈴が「斗真さん」と耳打ちをしてきた。

「なんだ」と聞くと、「ここでも仲の良い夫婦を演じたほうがいいですよね?」と言ってきたので、仲が良いアピールはしておくほうが得だと思ったのでとりあえずうなずく。

なにをするのかと思っていると——。

美鈴は自分のバッグからハンカチを取り出し、俺の口元を優しく拭いてきた。

予想外の行動に驚きつつ、頑張って平静を保つ。

「デザートのクリームがついてたので……」

「ああ、ありがとう」

「どういたしまして」

いつもの無邪気な笑顔とは違い、口は閉じたまま微笑むような笑顔。

演技だと分かっているのに鼓動が速くなっているのは気のせいなのだろうか……。

報告会が終了し、一旦俺と美鈴は控室で休憩する。

十畳ほどの広さの部屋にソファが向かい合って置かれ、その真ん中にはローテーブルがある。

俺と美鈴は向かい合って座っていたが、ちょうどそのとき仕事の電話が入ったため、俺は一度部屋を出た。

他の控室で数分ほど話して電話を切ると、榎本が焦ったように部屋の中に入ってきた。

「申し訳ありません。先ほど蓮さんが勝手にお部屋に入られてしまって……」

どうして蓮が……？

俺は早歩きで美鈴がいる控室へと向かう。

――中から美鈴と蓮の話し声が聞こえた。

「兄さんは大学生のときに一番仲が良かった親友に裏切られたことがあるんだ」

蓮の言葉を聞き、扉を開けようとすると榎本に「少しここから聞いていましょう」と止められる。

「どうしてだ？」

「美鈴さんが妻としてどう立ち振舞うのか確認できるチャンスだと思います」

美鈴は十分妻としての役割を果たしてくれているが、榎本の言うとおりにした。

蓮はそのあと、俺が大学生のときに親友に騙された話をし始めた。

実は……美鈴の父親のように俺もお金をだまし取られた経験がある。

俺から美鈴にこの話をする予定はなかった。話したところで同情されてもめんどくさいだけだから。

大学四年生のときに同じく起業していた高校から仲がいい親友に新規事業を一緒に立ち上げないかと話をされた。

なんでも話す仲だったので俺はふたつ返事で承諾し、同じ金額を投資して事業の立ち上げを行う予定だった。

しかし、親友が話していた事業の話は真っ赤なウソで俺のお金は親友の口座に移し替えられ、お金だけ奪われる形に。

それらが分かったのは親友が失踪してから数日が経ってからで、ひとり暮らししていた家もすでに退去し完全に行方は分からなくなった。

心に大きな穴があいたような感覚で、しばらくの間はなにもやる気が起きなかったのを覚えている。

なにがショックだったかというと、お金を奪われたことよりも一番信頼していた親友を失ったこと。

お金は稼げばいつかは戻ってくるかもしれないけど、親友への気持ちは——それから俺は誰も信用できなくなった。

一定以上は近づかないように人と距離をとり、完全に心を閉ざした。

しかし、蓮はどうしてこの話を美鈴にわざわざするんだ……？

一応跡取り争いではライバル関係だから、俺の肩を持つ行為はしないと思う。

そう考えると、俺の同情を誘ってさらに仲を深めさせようとしているわけではない。

なにか他に意図があるとしか思えない。

「兄さんはそこから人を信じられなくなったんだ。信じて裏切られるくらいなら、最初から信じないほうがいいってね」

「……そうだったんですね」

「あれ、やっぱり聞いてなかったんだ」

「あ、はい……」

とっさに話をされたから、美鈴も本当のことを言うしかなかったのだろう。

「まあ、そうだよね。結局は美鈴さんのことも心の底から信用してるわけじゃないだろうし」

「え……？」

「実は俺と兄さんは義母兄弟なんだ。兄さんの実の母親は不倫して家族を捨てて家を出ていったらしいよ。そのあとに母さんと再婚して、俺は母さんの連れ子ってわけ」

まさかの母親の話が出てきて、俺は心の中で大きなため息をついた。

「そりゃあ、母親が自分を捨てて不倫相手のところに行っちゃったら、女性に対して苦手意識を持つよね」

美鈴はどんな気持ちでこの話を聞いているのだろう。そう思わずにはいられなかった。

「だから、美鈴さんは兄さんにいろいろ甘い言葉を囁かれてるかもしれないけど、それ全部ウソだから」

「どうしてですか……？」

「兄さんが誰かのことを本気で好きになるはずがないからだよ」

はっきりと言い切る蓮に、言葉が詰まる美鈴。

「誰も愛せない可哀そうな人間なんだ」

確かに蓮の言っていることは合っている。人のことを常に疑って、本気の恋愛が存在するとは思ってない。

だけど、いざ言葉にして言われると——いかに自分の心が空っぽなまま生きてきたのか実感して胸が苦しくなる。

俺は……可哀そうな人間だったのか。

そんな事実を突きつけられて、それを美鈴も知ってしまった。

なぜだろう。ものすごくやるせない気持ちになる。

「そんなことありません」

しかし、次に聞こえてきたのは美鈴の力強い声だった——。

「斗真さんは確かにまだ百パーセント人を信じられないかもしれないけど、歩み寄ろうとしてくれます」

「歩み寄る？」

「斗真さんと正反対な性格の私を、お人好しな私を知ろうとしてくれる。理解しようとしてくれるんです」

「兄さんがそんなことするはずない。それは演技に決まって……」

「演技じゃありません。いつも真剣に話を聞いてくれます」

美鈴の迷いがない言葉たちに——胸の奥が大きく揺り動かされる。

「それに、斗真さんはちゃんと人を愛せる人です。私が困っているときは必ず助けてくれて、支えてくれます。優しい人なんです」

「兄さんが誰かを心の底から愛せるはずがない」

「いいえ、愛せる人です。だから、可哀そうな人間ではありません」

たった数ヶ月前に出会ったばかりで俺のことを大して知りもしないくせに……なんて思っていた。

美鈴は俺のことをひとりの人間として見てくれていたんだ。

今までの家柄や財産しか見てない人とは違い、俺自身を知ろうとしてくれていた。

――本当はそのことにもっと早く気づいていたはずなのに、気づかないふりをしていたんだ。

「でも、兄さんはなにを考えてるか分からないから不安になるだろ？　俺だったら不安になんてさせないよ」

「……どういう意味ですか？」

「いくらで兄さんと離婚してくれる？　美鈴さんの希望する金額を出すから、兄さんと離婚してくれないかな」

本来の目的はそれだったのか。

蓮が結婚相手を見つけられなくて焦っていることを榎本から聞いていた。

だからといって、こんな姑息な真似をするなんて……。

「私は斗真さんの夢を応援したい。一番そばで見届けたいと思っています」

すぐに美鈴のまっすぐな声が聞こえ、続けて「なので、その提案はお断りさせていただきます。ごめんなさい」と断った。

俺はその言葉を聞いてすぐに扉を開けて中に入った。

「兄さん……」

バツが悪そうな顔をする蓮に、うつむいて顔を見せようとしない美鈴。

「こんな汚い手使わないで、蓮も早く結婚相手見つけろよ」

俺は「美鈴、行くぞ」と、美鈴の腕を引っ張り立ち上がらせる。

「……今回は許すけど、次はいくら兄弟だとしてもなにするか分からないからな」

「……すみませんでした」

「あと、もう二度と美鈴とふたりきりになるなよ」

その言葉を言い残し、俺は美鈴を連れて控室を後にした——。

迎えの車が来るまで同じビル内の空いている会議室で待っていることになった。

長い机がきれいに二列に並べられていて、俺たちは一番後ろの席に座った。

「どこから聞いてました……？」

美鈴が様子を窺うように聞いてきたので、俺はあえて「さあな」とごまかす。

「変なことを言ってないか不安です……」

「妻として完璧だった」

「本当ですか？」

「俺の過去を聞いたうえで、今は違うと否定していただろ。だんだん演技が上手くなっていくな」

美鈴は「最初から聞いてたんですね……」と小声でつぶやく。

「蓮さんに言ったことは演技じゃなくて、全部本心です」

美鈴は俺のほうに体を向けて座り直し、真剣な表情で俺のことを見つめる。

「短い時間しか一緒に過ごしてないのになにを言ってるんだって感じですよね。でも、この少しの間でたくさん斗真さんの優しさに触れました」

「人に優しいと言われたのは初めてだ」

「人をまったく信じていなかったら人に優しくできないと思うんです。だから、蓮さんの言葉にムカついてしまって……」

美鈴は悲しそうに自分の足元を見る。

周りから〝冷酷人間〟〝感情を失っている〟など、いろいろと言われていると知っている。

好きに言ってくれて構わないと思っていた。

それなのに、美鈴がこうして自分のことのように悲しんで腹を立ててくれるのがなぜか嬉しい。

「……本当に、どこまでもお人よしだな」

「私には応援しかできないので……」

今まで誰かが自分の代わりに傷ついて寄り添ってくれただろうかと考える。こんなにも真剣に向き合ってくれるのは、美鈴が初めてだ。

美鈴を見ていると胸の中が温かくなる。

「ありがとう、言い返してくれて嬉しかった」

「……へ？」

美鈴の頭を優しく撫でると、美鈴は驚いたように顔を上げた。

あと少し顔を近づけたらキスができるほど近い距離に、柄にもなくドキドキする。

美鈴から香る甘い匂いと、薄茶色の透き通った瞳から目を離せない。

……どれくらい見つめあっていただろう。

俺は美鈴の後頭部に手を回し、俺たちはどちらからともなく顔を近づけた。

美鈴が目をつぶり、あと少しで唇が重なろうとした瞬間——。

コンコンという扉をノックした音とともに、「お車の準備ができました」と榎本の声が聞こえた。

俺も美鈴も瞬時に離れ、少しの間だけ気まずい時間が流れた。

「……行こうか」

「……そうですね」

お互いに顔を見ないようにしながら会議室を後にする。

「斗真さんはこのあと会食が入っていますので、先に美鈴さんをお家にお送りしますね」

「分かった」

車に乗り込み美鈴を家へと送り届ける。俺と榎本は会食先の懐石料理屋へ向かった。

「美鈴さんとなにかありました？」

美鈴が降りてすぐに口を開く榎本に、「別になにもない」と答える。

「会議室から出てきたおふたりの雰囲気がなんだかいつもと違った気がしたんですけど……」

「おまえの勘違いだろ」

「そうですか……」と残念そうに答える榎本に、内心驚いていた。

会議室での最後の行動は自分でも分からない。

榎本が来なかったら、あのままキスをしていたかもしれない……。そう思うと、さっきの自分は自分らしくなさすぎて一気に頭の中が混乱する。

美鈴が目をつぶっていたのはなぜなんだ……？　妻としての役割を果たそうとしたからか？

そう思うと、残念に感じてしまう。そんな自分にさらに驚きが隠せない。

「まずそれよりも、斗真さんの早歩きしているところ初めて見たので驚きましたよ」

「早歩きなんていつしていた？」

「蓮さんと美鈴さんが話していると聞いた瞬間、早歩きで控室に向かっていたじゃないですか」

「……ああ、あれか」

「蓮さんになにかされてるのではないかと心配だったからですよね？」

そう言われて否定できないのは、図星でぐうの音も出ないからだ。

俺は「はあ……」と盛大にため息をつき、車のシートに深くもたれかかる。

手で片目を覆い視界を真っ黒にするが、まったく落ちつかない。

「こんなこと今までなかった。なぜか美鈴といると調子が狂う」

「人間関係で悩む斗真さんを久しぶりに見ました」

「正直、この気持ちが初めてでどうしたらいいのか分からない」

「もうはっきりしてると思いますよ」

榎本は助手席から振り返り、明るい表情で俺のことを見てきた。

「斗真さんがずっと避けてきた感情です」

俺がずっと避けてきた感情——思い当たるのは、ひとつしかない。

【甘いお仕置き】

キスを――しそうになった。

斗真さんとあと数センチ近づいていたら唇が重なる状況。

あの空間には私と斗真さんしかいなくて、まるで特別なふたりきりの世界のように感じた。

重くて甘い独特な空気が流れていたのは事実で……それが原因でお互いに距離を縮めていったの……？

考えれば考えるほど分からなくなる。

だって叶わない恋なのは確実。斗真さんが私に好意を抱いてキスをしようとしてくれたわけじゃないのは分かっている。

――だとしても、あの瞬間の私は幸せを感じてしまった。生きてきた中で心臓が一番大きな音を立てていた。

このままでは本気で斗真さんのことを好きになってしまう。

いつかこの気持ちがバレてしまうのではないか……。

そうなったら契約違反になって、斗真さんのそばにいられないし、せっかく返してもらった借金もまた背負うことになってしまう。

それはなんとしてでも阻止しなければならない。

そう思った私は、これ以上斗真さんのことを考えないようにするために、とりあえず斗真さんと顔を合わせる回数を減らした。

もちろん自分から約束した家事や料理、掃除などは今までどおり完璧に取り組む。ただ顔を合わせなければいいだけの話。

生活リズムは元々ズレていたおかげで、意識して避けようとしなくても斗真さんと顔を合わせる時間は自然と少なくなっていった。

私がお風呂の時間などを調節して斗真さんに合わせていたから一緒に食事をできていただけだったのだと、今になって分かった。

——そうだ、距離を縮めたくない斗真さんに私が無理やり近づいていったようなもの。

私が近づかなければ、私たちはこんなにもすれ違った生活を送る仲だったんだ。

急に現実を突きつけられた気がして、胸の奥に鋭い矢が刺さった感覚に陥った。

「美鈴が相談なんて珍しいね。なにかあった？」

中学のときから仲が良い親友の寧々《ねね》には唯一契約結婚をすると話した。

寧々は茶色いボブの髪の毛がよく似合っていて、二重幅が広く丸い目が特徴的。

洋服も白や淡いパステルカラーでスカートを履くことが多く、一見女の子らしいのだが……見た目とは正反対で物事をはっきりと言う正直な性格。

話す前にいろいろ考えてしまう私にはない部分を持っているので、一緒にいると勇気づけられる。

親の借金のことも知っているほど、なんでも話せる友達だからこそ、今回今の気持ちを整理してほしくて仕事終わりにカフェへと呼びだした。

電話ではなんとなく斗真さんのことを話したが、詳しい話をしたのは初めて。

斗真さんと今まであったことや今の私の気持ちをすべて話すと——寧々は「なるほどね～」と何回も顔を縦に揺らした。

「それは完全に好きでしょ」

そして、はっきりとそう口にする。

「無意識に目で追ったり、ドキドキしたり、全力で支えたいって思ってるんでしょ？」

「……うん」

「いくらスーパーお人よしな美鈴でも、誰かを支えたいと思ったのは初めてなんじゃないの？」

「初めてだよ……偽りの関係だって分かってても、妻としてこれからもそばにいたいって思ってる」

「これは、本気の恋だね」

寧々にはっきりと言われて、やっと自分の中で腑に落ちた。

もう見て見ぬふりはできない。

――私は斗真さんのことを好きになってしまったんだ。

「でも、恋愛感情は持つなって言われちゃったんでしょ？　どうするの？」

「今はまだどうするか分からないけど、気持ちを伝えることはないと思う」

好きになってはいけない人を好きになってしまった。

恋の始まりは交通事故と同じで、意図せずいきなりやってくる。

もう好きだと知ってしまったら、簡単に好きになる前に戻れない。

「じゃあ、好きなまま結婚生活を続けるの？」

「そうだね。ちゃんと契約したところは守るつもり。斗真さんが跡取りとして選ばれるように力になりたい」

今は、この契約結婚を終わらせたくない。斗真さんのそばにいたい……。

私が自分の気持ちを隠せばいいだけの話。

──私は、斗真さんへの想いを自分の心の奥底にしまっておくと決めた。

一時間半ほどカフェで話していると、たまたま大学時代に仲が良かった男友達の栄《えい》二《じ》がお店の前を通りかかり私たちに気づいた。

寧々とは高校は違うところに通っていたが大学でまた一緒になり、栄二とはよく授業が被ったので仲良くなった。

三人でよく飲みに行っていたけど、社会人になってからはそれぞれ忙しくて会える時間が少なくなってしまった。

寧々とはよく電話をしたり会ったりしているけど、栄二と会うのは一年半ぶりくらい。

久しぶりに会えたし明日は土曜日でみんな休みなので、三人で居酒屋に向かった。

栄二は大学のときと変わらず黒髪短髪で爽やか。

高校生までバスケ部で部長をやっていたので元々体格がよかったが、今また社会人チームに入ってバスケをしているからさらに筋肉がついた気がする。

昔話に花を咲かせると、あっという間に時間が過ぎていき……。

そろそろお開きにしようかとなったとき、寧々の会社でトラブルが起きたということで寧々は急遽先に帰ってしまった。

「じゃあ、俺らはゆっくり歩いて帰るか」

「そうだね」

他愛のない話をしながら最寄り駅までふたりで歩く。

「結婚生活は楽しい？」

栄二に居酒屋で結婚したことを伝えると、大きな声を出して驚いていた。さすがに相手が斗真さんだとは言えないけど……。

「楽しいよ。栄二は今いい人いないの？」

「それがいないんだよ。俺も早く結婚したいから誰かいるといいんだけどな」

「栄二ならすぐにいい人が見つかるよ」

「そうか……？」

満更でもなさそうな顔をする栄二は大学生のときとなにも変わってなくて、ほろ酔いの状態で夜の街を歩くこの感じも懐かしく感じた。

……すると、となりに見覚えのある車が止まり、ゆっくりと窓が開いた。

窓から顔をのぞかせたのは斗真さんだった。

「お仕事の帰りですか？」

「ああ。美鈴に似ている人がいるなと思ったら美鈴でビックリした」

斗真さんが私のとなりにいる栄二に視線を向ける。心なしか視線が鋭い気がするけど、気のせいかな……。

「この人は栄二って言って大学時代の友人で、さっきまでもうひとり女友達もいて三人でそこの居酒屋で飲んでたんです」

栄二には、「この人は斗真さん。私の結婚した人……」と説明する。

「初めまして。美鈴と久しぶりに会ったら結婚したって聞いたのでビックリしちゃいました」

「そうだったのか」

無視はしてないからいいものの、栄二に対する斗真さんの声が低く冷たいオーラが全開な気がする。

久しぶりにこんなに不機嫌な斗真さんを見たかもしれない……。

栄二もそれを感じとったのか、それ以上話さなかった。

「このまま帰るけど、一緒に帰るか？」

チラッと栄二を見ると、そうしなと言わんばかりにうなずいている。

「はい。そうします」

私は「栄二、またね」と栄二に別れを告げ、斗真さんのとなりに乗り込んだ。

車が発進してすぐ、斗真さんに「仲良い男友達がいたんだな」と私の顔を見て言われた。

もう不機嫌ではなさそう……？

「もうひとりの女友達と三人で仲良かったんです。大学生のときは基本三人でいて、よく飲みに行ってました」

「そうか」

「レポート課題に追われて徹夜したり、テーマパークに行ったり、三人でいろんなところに行きました。あのころはすごく楽しかったなあって懐かしく思います」

「そういう仲間は大事だよな」

「社会人になってからは全然会えてなかったんですけど、今日たまたま会えたので久しぶりに飲もうかって盛り上がっちゃって」

「それはよかったな」

相槌をうちながら聞いてくれるので、帰りの車の中ではひとりでずっと話してしまった。

お酒を飲んでいい感じにほろ酔いなのも私を饒舌にさせた。

車から降りて、エレベーターに乗り込む。

「そういえば、今度また三人で飲む約束をしたんです」

わざわざ言う必要ないのに、思い浮かんだ言葉を口にしてしまう。絶対にアルコールの力だ。

エレベーターが到着し、斗真さんは返事をせずに開くボタンを押して私を先に降ろす。

仕事で疲れているのに自分の話をしすぎちゃったかな……。

玄関の扉を開けた瞬間——。

「斗真さん、ごめんなさ……」と言いかけたが、それ以上言えなかった。

「今日は一緒に寝る日にしようか」

驚きのあまり、「え？」と声が漏れる私。

斗真さんはこっちを見ようとしない。もしかして、怒ってる……？

「あの、でも……」

時刻はもう夜の十時。こんな遅くに帰ってきて言われたのは初めて。

一緒に寝た日はまだ二回しかないけど、二回ともただとなりで寝るだけ。

戸惑いを隠せないけど、今日もとなりで寝るだけなら……と思ってる矢先だった。

「美鈴、こっち見て」

言われるがまま上を向くと、すぐそこに斗真さんの顔があって――斗真さんにそのまま唇を塞がれてしまった。

「んん……っ」

斗真さんと初めてのキスは、少し強引なキスだった。

少し触れるだけですぐに離れ、斗真さんは優しく私の頬に触れる。

今度はゆっくりと顔が近づいてきて、私が目をつぶると同時に再び唇が重なった。

何度も角度が変わるキスは私にはあまりにも刺激的で、どんどん呼吸が荒くなる。

「待って、くださ、い……っ」

斗真さんの唇が離れ、私は深呼吸をする。

気づいたら私は斗真さんのスーツを強く握っていた。

「お酒の味がする」

「……そうですよ……飲んできましたもん」

「たくさん飲んだのか？」

「帰れなくなったら困るので少しにしました」

「たくさん飲んでもあいつが家まで送ってくれるだろ」

その瞬間、また斗真さんの目の色が変わった。明らかに不機嫌だ……。

「なにか、怒ってますか……？」

「怒ってない」

斗真さんは私の肩を軽く押して、私の背中がシューズクローゼットにぴったりとついた。

私の顔の横に手を置かれてしまい、完全に逃げられない……。

でも、不思議なのはこんな状況なのに斗真さんから目を逸らせないということ。

「絶対ウソ……ひゃ……っ」

どんどん近づいてくる斗真さんの胸を軽く押してみたけど、抵抗もむなしく耳たぶを甘噛みされた。

くすぐったくて思わず声が漏れてしまい、私は口を押さえる。

もう片方の手で反対の耳を撫でられ、両方からの刺激に声を我慢できるのも時間の問題。

「ここ弱いんだな」

「おもしろがってます……？」

「反応がかわいいのが悪い」

〝かわいい〟の単語を直球で受け止め、顔が一気に熱くなる。

すると、今度は斗真さんの手は私の体のラインをなぞるように下へだんだんと降りていき——無意識に甘い声が漏れる。

自分でも聞いたことがない声で恥ずかしい……。

服の上から触れられているだけなのに火照るように体が熱い。お酒のせいなのか、斗真さんからの甘い攻撃のせいなのかはもう分からない。

「と、まさん……っ」

「ん？」

「もう、無理です……っ」

私は体に力が入らなくなり、その場に座り込んでしまった。靴も脱がずに玄関で刺激を与えられ続けたから仕方ない。

「移動しようか」

「……へ？」

まさかの言葉に驚くが、考える時間もなく斗真さんに靴を脱がされお姫さま抱っこをされた。向かったのは——斗真さんの寝室。

これで入るのは三回目。

だけど、今日はいつもと違う。

優しくベッドに寝かされたと思ったら、斗真さんがスーツのジャケットを脱ぎながら私に覆いかぶさってきた。

押し倒された私は目のやり場に困っていると、斗真さんは私の片方の手に自分の指を絡めてギュッと握り動けないように私の頭上で押さえた。

こんな格好、恥ずかしすぎる……。

「口、開けて」

「……っ」

斗真さんの指が私の下唇にただ触れただけなのに、操られてるかのように私の唇はゆっくりと開いていく。

「……ん……っ、やぁ……っ」

斗真さんの唇が重なり、唇の隙間から斗真さんの舌が入ってきた。

柔らかくて熱い舌が口の中を撫でるように動くので、その動きに合わせて体が反応しそうになる。

それからも甘い攻撃は続き、さすがに溶けてしまうと思った私は斗真さんの肩をギュッとつかんだ。

「待って……斗真さん……やっぱり怒ってますよね……っ」

私が問いかけると、斗真さんは私の上からどいてとなりに座った。

「ああ、怒ってるよ」

諦めがついたのか、斗真さんはついに認めた。珍しく素直で驚きを隠せない。

「理由はなんですか……？」

「……教えない」

「教えてください。私全然分からな……」

そう言いかけた瞬間言い切るのをやめた。思い返せば、斗真さんは栄二に対してすごく冷たかった。

そのあとの車で私が栄二たちの話をすると、返事はするもののいい反応ではなかった。

……となると、もしかしてヤキモチ……？

と、一瞬思ったがそんなことあるわけない。

「この数日、俺を避けていたのに他の男と飲みに行っていたらいい気はしない」

さっきよりは表情が柔らかくなったけど、まだ不機嫌なオーラを纏っている斗真さんの瞳に私が映る。

「だから、あいつとはもう飲みに行くな」

斗真さんはそう言って、今度は一瞬触れるだけの優しいキスをしてきた。

「いいな？」

いつものような冷たくて威圧的な言い方ではなく、子どもに諭すような優しい言い方をしてきたので気づいたらうなずいていた。

斗真さんの全部がずるいよ……。

「美鈴はもう少しお酒が抜けてからお風呂に入れ」

ベッドから降りた斗真さんは「お風呂入ってくる」と言って部屋を出ていってしまった。

ひとり寝室に残され、ふと我に返ると……また一気に体温が上がる感覚がした。

玄関に入ってからさっきまで自分がなにをしてたのかと振り返ると恥ずかしくてたまらない。

ついに斗真さんとキスをしてしまった。

斗真さんの柔らかい唇の感触がまだ残っている――。私は無意識に自分の唇に触れた。

一緒に寝る日を二回過ごしてからは、もしかしたらこれから先もただ寝るだけの関係が続くのかもしれないと内心思っていた。

だけど、予想は大きく外れる。

……私が栄二といるところを見るのが嫌だった……？

斗真さんにとって私はどういう存在なんだろう。

斗真さんは誰も好きにならないのだから、きっと契約上とはいえ、妻である私が他の男性と馴れ馴れしくしていたからモヤモヤした、ただそれだけ。

自己解決しながら、胸が苦しくなった。

好きな気持ちを抑えようと必死で、心を痛めながらも斗真さんを避けてきたのに。

斗真さんのことを考えなくて済むように努力してきたのに……。

だけど、斗真さんには避けているのがバレバレだったのかと思うと、申し訳ない。

今日のようにたくさん触れられたら……頭の中がもっと斗真さんでいっぱいになってしまう。

これ以上私の中の斗真さんの存在が大きくなったら、完全に諦めがつかなくなってしまう。

この秘密の想いは——なにがあっても隠し通さなきゃいけないんだ。

そのあと、斗真さんの次にお風呂へ入りベッドに向かうと、斗真さんは先に横になっていた。

「お酒も入っているし、今日はもう寝よう」

斗真さんのその一言を聞いたら一気に安心が押し寄せてきた。

でも、どこかで寂しいと思う自分もいる。そう思うのは、斗真さんを好きになってからだ……。

手を伸ばせば触れられるほど近い距離にいるのに、心の距離は遠くて胸の奥が苦しくなる。

【斗真side／運命や必然だとか】

一部の住民から反対は続いていた。

都市開発を進めるチームと話した結果、都市開発のために迷惑をかけてしまうということで迷惑料としてお金を支払うと決定。

反対している住民に公民館に来てもらい、俺とチームの部長のふたりでお金を持って頭を下げた。

「私たちは別にお金が欲しいわけじゃない。なんでもお金で解決できると思うな」

しかし、お金は跳ね返され謝罪も受け入れてもらえなかった。

どうしてだ？　金額は決して安くないのに……。

そのあともチームのみんなと何度も話し合い、街の人に説得しに行ったがまったく聞き入れてもらえず時間だけが過ぎていった。

家に着くなり、リビングのソファに横になる。

帰宅したら自分の部屋でスーツを脱ぐのがルーティーンなのだが、今日はそんな力さえも残っていない。

家に仕事を持ち込みたくないタイプなので、普段は家に帰ってから愚痴を吐いたり仕事に対するため息もついたりしないようにしている。

「……はあ」

だけど、さすがに今回は日々の疲れが蓄積してため息が漏れてしまった。

起業してから数々の危機や困難を味わってきたけど、ここまで先行きが見えないのは初めてだ。

行き詰まるとはこういうことなのか……。

「わっ……！　びっくりした……」

お風呂から出てきた美鈴がソファの背もたれのほうから俺を見下ろす。

「おかえりなさい。斗真さんがスーツのままこんなところに寝てるなんて珍しいですね」

「たまにはそんな日もある」

「最近夜遅くまでお仕事ですもんね。毎日お疲れさまです。ご飯は食べますか？」

「……ああ」

すると、美鈴はキッチンへ向かい、換気扇の音とフライパンでなにかが焼かれている音が聞こえてきた。

「ご飯温かいうちに食べてください。疲れたらまずは栄養をとらないと！」

いつもは美鈴が作ってくれた料理を自分で温めて食べるのだが、あまりにも俺が疲れているから今日は美鈴が用意してくれたみたいだ。

「ありがと」

「いえいえ、私にはこれくらいしかできないので……」

今日のメニューは白身魚のムニエルとほうれん草のお浸しとみそ汁で、美鈴の作る料理を食べると心が温まる気がする。

美鈴が大学時代の男友達と飲みに行った日……美鈴には特に言及されなかったが、あれはヤキモチだった。

美鈴が俺以外の男と楽しそうにしている姿を想像するだけで心の中が一気にモヤモヤする。

どこで誰と遊ぼうが俺には関係ないはずなのに、あのときは素っ気ない態度をとってしまうほど気持ちを落ちつかせることができなかった。

キッチンで洗い物をする美鈴が「最近忙しい理由って都市開発ですか……？」と、言いづらそうに聞いてきた。

父親が大切にしていた土地を貰い、そこが中心となって都市開発が行われる。

それを美鈴も知っているから、気になる気持ちは分かる。

「そう。なかなか思った通りに進まなくて行き詰まっている」

仕事の話をするのはこれが初めてだと思う。でも、美鈴もまったくの無関係ではないから聞く権利はあるだろう。

ただそれだけで深い意味はなかった。


——それから数日後。

いまだに解決策が見つからずこれからどう進めようかと悩んでいるときだった。

仕事から帰ると、パジャマ姿の美鈴がソファに座っていた。

「斗真さん、おかえりなさい」と、美鈴は俺の帰りを待ち望んでいたかのように、勢いよく振り返る。

そして、「あのー……」と、なんだか言いづらそうに口を開いた。

「この前、斗真さんが忙しいって言っていた都市開発の場所って父が持っていた土地ですよね……？」

「ああ。なかなか一部の住民の賛同が得られなくて」

「余計なお世話かもしれないので、なんとなく聞いてもらってもいいですか？」

「どうした？」

美鈴は父親が所有していたその土地の場所やその地域を知っているらしく、少しだけ話してくれた。

「あの地域はスーパーや病院が少なくて、結構不便な場所なんです」

自然豊かで空気は美味しいが、生活するのには不便なときもあるらしい。

「都市開発が進めば今よりも便利な暮らしができるのに、どうして反対するんだろうと思ったんです」

「交通量が増える不便性や自然な景観がなくなってしまうからだろ？」

「それだけじゃないのかもしれません。他に求めているなにかがあるのかも」

「他に求めているなにか？」

利便性よりも大事ななにかを求めているのか……？

「実際に出向いたことはありますか？」

「説明以外ではない」

「ならどんな人がいるか見に行きましょう！　百聞は一見に如かずですよ！」

「見に行くって……」

「私と斗真さんで実際にどんなところなのか見に行きましょう！」

いきなり言われて頭が追いつかない。

「斗真さん、明日は休みですよね？」

「ああ」

「じゃあ、明日朝の十時に出るので準備しておいてくださいね！」

美鈴は俺の返事を聞くことなくそれだけ口にして「おやすみなさい」とリビングをあとにした。

なんだかよく分からないが、いつになくやる気に溢れている美鈴を信じてみようという気になった。

たしかに実際にどういう土地でどんな人が住んでいるのか知っておいて損はないと思う。


翌日の土曜日になった。

部屋をノックする音が聞こえたので扉を開けると……そこには美鈴が立っていた。

なにか美鈴なりの考えがあるのか……？

どっちにしろ、もうここまで言うとおりにしてしまったのでここで拒否しても遅い。

どうなるかは分からないが美鈴の言うとおりにしてみよう。

俺の運転でさっそく美鈴の父親から譲り受けた土地がある場所へと向かう。

起業してからは常に先頭を歩いていたので、誰かの指示に従うという経験がほとんどない。

車は走り出し、俺の家からどんどんと遠ざかっていく。

運転はしているものの、美鈴に背中を押されなければ自ら視察に行ってないと思う。

――この強引にどこかへと連れていかれる感覚、昔にもあったような気がする。

俺が五歳のときに父親が再婚し、蓮がすぐに生まれた。それから一緒に住んでいたが、当時はすぐにその環境を受け入れられなかったため、俺はよく祖母の家に泊まっていた。

祖母は俺が寂しくならないようにと母親代わりになってくれた。

そんな生活が小学校低学年まで続いたある日。

母親がいたときから休みの日に家族で出かけなかったので、家でゲームをしたりおもちゃで遊んだりするのが当たり前。

俺の日常はさほど変わりない。

「こんなにお天気がいいのに家の中にいるなんてもったいないわ！　おばあちゃんと公園に行くわよ！」

祖母は休みのたびに家で引きこもっている俺の体を起こして、強引に公園へと連れ出した。

最初はお願いしてないのにめんどくさいなと思っていたけど、日が経つにつれて外で遊ぶのが楽しみになっていった。

祖母と公園や遊園地、水族館などいろんなところに行った。

美鈴に強引に連れ出された今——祖母との懐かしい思い出が脳裏に浮かぶ。

祖母との思い出に浸りながら車を運転し、都市開発を予定している街に到着した。

「なんで俺をここに連れてきた」

「やっぱり、実際に街の人と話したほうが街の人の考えが分かるかなと思ったんです」

住民に聞き込みをするのも俺が直接話したほうがいいと提案するのも、普段から他人に寄り添っている美鈴だからだろう。

自分よりも他人を優先する優しい心を持っている美鈴だから思い浮かんだことだ。

「話すのはいいけど、なにを話せばいいか分からない」

「他愛のない話でいいんです。今日は天気がいいですね〜、趣味ってありますか？みたいな感じで」

なにをどうすればいいか分からないでいると……。

「あ！　あそこのおばあちゃんたちに話しかけましょう！」と、美鈴が俺の手首をつかんで引っ張った。

俺は美鈴について行き、美鈴は「おはようございます！」と、公園のベンチに座っている七十代くらいの三人組に話しかけた。

俺と美鈴は自己紹介をする。

最初は他愛のない話をして、だんだん話が弾んできた。

「最近の楽しみってなんですか？」

俺がそう聞くと、ひとりが「友達とこうやって話せるのが楽しみかなあ」と口にした。

すると、食い気味に他のふたりも「私も！」「おしゃべりしてる時間が一番幸せよねえ」と話す。

そのあともおじいちゃんおばあちゃんから小さな子どもまで話を聞いたが、家族や友達と一緒に遊んだり話したりする時間が一番の幸せだと話す人が多かった。

小さな子どもと関わることがほとんどないので最初は戸惑ったが、公園のブランコを押したり鬼ごっこをしたり……久しぶりに体を動かしたら昔を思い出して、いつの間にか俺自身も楽しく遊んでいた。

祖母とよく遊んでいたあのころを思い出す。

途中で都市開発に反対している住民のひとりの男性が俺に気づき、「なにしに来た」と警戒心を前面に出される場面があった。

「この街がこんなに温かい街だって今知りました。都市開発は続けたいと思っていますが、もっと住民のみなさんに寄り添った街づくりをしていこうと思います」

俺のその言葉をきっかけに、その住民もこの街に対する思いを熱く語り始めた。

「自分の会社や金のことしか考えてない最低野郎だと思っていたけど、みんなと触れ合うきみを見て、見る目が変わったよ」

男性は続けて「反対してるみんなにも俺から少し話してみるな」と俺の肩を叩く。

「きみも子どもたちとよく遊んでくれたみたいで、引っ張りだこだったなあ」

「子どもたちがかわいくてつい遊びすぎちゃいましたっ」

謙遜しながらも無邪気に笑う美鈴を見て、こんなときなのにかわいいと声に出しそうになった。

「ところで、きみは社長だろ？　きみは秘書か？　秘書にしてはやけに親しそうだけどな」

「あ、えっと……」

困った様子で俺の顔色を窺う美鈴。

俺は美鈴の肩に手を回し——「俺の妻です」とはっきりと男性に伝えた。

「おお！　やっぱり夫婦だったのか！　どうりでお互いを優しい目で見てるわけだな」

「え……っ、優しい目ですか……っ？」

「なんだ気づいてなかったのか？　好意を寄せている相手には無意識に優しい視線を送ってしまうものだぞ」

「……そうなんですね」

美鈴は頬をほんのり赤く染め、気まずそうに俺をチラッと見てきた。

「ほーう、これは新婚さんだな？　初々しくていいじゃないか。お似合いだから仲良くやるんだぞ」

男性はこのあと用事があるからとそれだけ言ってその場を去っていった。

「なんか……おもしろい人でしたね」

「そうだな」

自分では気づいていなかったが、美鈴への視線が優しいらしい……。

美鈴からの視線は元から柔らかかったから変わらないように思うが、俺が人に向ける視線が優しいなんて違和感しかない。

……でも、最近の心情の変化に関係しているのなら納得はできる。

「一日この街の人と触れ合ってみてどうでしたか？」

「見ず知らずの人とこんなに密に話すのは初めての経験だったけど、たくさんの刺激を受けられた」

「本当ですか？」

「人とのつながりを大事にする、温かい街なんだと分かった」

直接話したからこそ、この街の空気や人々の雰囲気を感じられた。

老若男女問わず地域みんなで生きている、これからも一緒に生きていこうという思いが伝わった。

それもすべては……美鈴が強引に連れてきてくれたおかげだ。

誰に対してもまっすぐに向き合おうとする美鈴が輝いて見えた。

前までは俺にはない人を疑わない純粋な性格に腹が立つこともあったけど、今は素直に尊敬する。

祖父や父親のことは経営者として尊敬はしている。けど、人として尊敬したのは美鈴が初めてかもしれない。

今までは人を疑がってきたけど……今日は美鈴を信じてついてきた。

美鈴だけは信じられるかもしれない。いや、信じたいと思える。

俺がどれだけ冷たく接しても、美鈴は変わらず献身的に妻として支えてくれた。

仕事が忙しいときにはお菓子を差し入れしてくれたり、今回のように視察までしてくれたり……いつだって美鈴は健気に妻としての役割を果たそうとしてくれた。

そんな健気な美鈴を、愛おしいと思う。

今ならはっきりと言える。

——美鈴のことが、好きだ。

これからもずっとそばにいたいと思える初めての存在。自分が夫として美鈴を支えたい。


それからというものの、都市開発はこれまで行き詰まっていたのがウソのように順調に進んだ。住民と話したことや意見を元に案をいくつかまとめ、月曜日の会議で提案をすることになった。

話し合いを重ね、老若男女問わず遊べて休憩ができる小型施設の建設が決まった。

もっと話を煮詰める必要があるが、俺は胸が高鳴っていた。

街の人やこれからこの街で住む人たちが幸せに感じられるものを形にしたい。

美鈴のおかげで都市開発は順調に進みそうだ。

仕事も少し落ちついてきたので、祖母に美鈴を紹介することにした。

一年前に持病が悪化してからは、親戚が働いている病院への入退院を繰り返している。

先週退院する予定だったので退院したらあいさつしに行こうと思っていたが、肝臓の数値がよくないので退院が伸びてしまった。

しかし、偶然にも美鈴がきっかけで祖母との記憶を思い出し、今すぐにでも祖母に美鈴を会わせたいと思った。

美鈴には祖母が母親代わりで育ててくれたと伝え、休日にふたりで病院に来た。

「斗真、久しぶりね」

俺は忙しくて一ヶ月ほど来られなかったけど、祖母は思ったより元気そうだった。

個室のベッドに座る祖母は、まず美鈴を見て「あら、もしかして……」と声を出す。

もちろん結婚したことは話していたが、今日美鈴を連れてくるのは言ってなかったので驚いたと思う。

「初めまして、美鈴と申します。この前斗真さんと結婚させていただきました。よろしくお願いします」

「美鈴さんて言うのね、かわいい名前だわ。そのイス使っていいから座ってお話ししましょう」

ベッドの横に置かれている簡易的なイスに奥から俺、美鈴の順で座る。

聞かれると思っていた馴れ初めを案の定聞かれたので、打ち合わせ通りに答えた。

「もし話せたらでいいんだけど、単刀直入に聞くわね。斗真のどこを好きになったの？」

祖母のその言葉に、美鈴は思わず「え……っ」と言葉に詰まる。

好きなところは打ち合わせしていない。

ここは俺が恥ずかしがるふりをして、自然と話題を変えられれば――と、思った矢先。

「斗真さんは、周りに気を遣える優しさを持っていて……私はその優しさに何度も助けられました」

美鈴は真剣な表情で祖母に向かって話し始めた。

「ひとりで頑張ろうとしていっぱいいっぱいになっていた私に、頼っていいよと肩を貸してくれたんです」

美鈴は「甘え方を知らなかったけど、斗真さんになら少し寄りかかってもいいかなと思えました」と続ける。

「一緒にいればいるほど温かい人なんだなって実感するんです」

「……ふふ。斗真のことが本当に好きなのねえ」

「え……っ」

祖母は笑みをこぼし、今度は俺に視線を移した。

「あなたは誤解されやすい性格だから、結婚相手にはどう思われているんだろうって心配だったのよ。でも、無駄な心配だったわね」

祖母は目を細めて笑う。ホッとしたような表情に、胸の奥がギュッとなる。

俺を影で心配してくれていたのか。

祖母の優しさを——今やっと知ることができた。

「斗真をちゃんと理解してくれる人が奥さんで安心したわ。美鈴さん、斗真をよろしくね」

「もちろんです」

ふたりは握手を交わし、そのあとは他愛のない話をしていた。

話の流れで美鈴が超がつくほどのお人よしだという話になり、俺はふと気になったことを質問する。

「そこまでお人よしだと、誰かの命を救ったこととかあるんじゃないか？」

すると、美鈴が「……今、思い出しました」と口にした。

「小学校低学年くらいのときに、母におつかいを頼まれて家の近くのスーパーに向かってたんです。その途中の道端で女の人が倒れてしまって……」

「あら、大変ね」

「周りに大人がいなかったので、近くのお花屋さんに駆け込んで助けを呼んだ記憶があります。救急車が来て乗っていってしまったのでそのあとおばあさんがどうなったのかは分からないんですけど……」

なんだか初めて聞いた気がしない……。美鈴から前に聞いたわけじゃないよな？

「私も昔、友人に会いに行った帰りに歩いてて血圧が下がって倒れてしまった経験があるのよ。そのときに小学生の女の子が助けてくれてね……」

祖母はそう言いながら、美鈴と目を合わせて「もしかして……」とふたりの声が重なる。

「その子に救急車に乗る直前で、『元気になってね』って折り紙の手裏剣を渡されたの」

「……私も、たまたまポケットに入っていた手裏剣の折り紙を渡したんです」

「ということは……あのとき私を助けてくれたのは、美鈴さんだったのね」

俺も祖母が倒れたその日をよく覚えている。

当時俺は中学生で、授業中に担任の先生から祖母が救急車で運ばれたと知らされた。

急いで帰りの支度をし、迎えの車に乗って病院に向かったのを覚えている。

幸いすぐに救急車で病院に来て処置を受けられたので命に別条はなかったが、少しでも遅かったらもっと悪化していたかもしれないと言われてゾッとしたのを覚えている。

意識がはっきりしてきた祖母から女の子が助けてくれたことを聞き、貰った手裏剣の折り紙も見せてもらった。

それからもその手裏剣をお守りとして祖母は大切にしている。

祖母とは誰よりも一緒にいる時間が長かったので、祖母になにかあったらと思うと生きた心地がしなかった。

そんな祖母を助けてくれた女の子は命の恩人だ。

祖母もいつか出会えたらお礼を言いたいとつい最近になっても話していたほど、俺たちにとってその子の存在は大きかった。

まさか、それが美鈴だったなんて……。

「あのときは、助けてくれてありがとう……。ずっとずっと会ってお礼を言いたいと思っていたの」

祖母は目から涙を溢れさせ、美鈴の手を震えた両手で強く握る。

「私はただ当然のことをしただけです。あのあと元気になったかずっと心配していたので、こうしてお会いできて嬉しいです」

美鈴もつられるように涙を流し、ゆっくりと頬に雫が流れる。

ふたりが涙を流しながら手を取っている光景を見ていると……ただの偶然だとしても、神様がふたりを巡り合わせてくれたんじゃないかと思ってしまう。

運命や必然、神様など、今まではそんなもの信じていなかったし嫌いだった。だけど、目の前の純粋な涙を見ていると、そういうものもあるのかもしれないと少しだけ思う。

「美鈴さん、また会いに来てね」

祖母は美鈴に向かって笑顔で手を振る。祖母が元気になる理由ができたように思えて俺も嬉しくなった。

一時間ほど滞在し、病院を後にする。

「まさかこんな偶然あるんですね。ビックリしました」

「知らない間に俺たちは間接的に繋がっていたんだな」

「不思議ですよね」

美鈴が――ずっと会いたいと思っていた子だったんだ。

お人よしすぎるほど優しい美鈴に自然と惹かれているのは分かっていた。これが……好きという気持ちなのかと初めて知る。好きだと気づいたからか、美鈴が笑うとその小さな体を抱きしめたくなる。でも俺たちは契約の上の関係だから、好きという想いを込めて抱きしめることはできない。

俺は気持ちを抑え、美鈴とは反対の空を眺めた。

美鈴のことを知れば知るほど、その人間性にどんどん惹かれていく。俺は柄にもなく、家に着くまでの道中でそんなことを思っていた。

【抑えられない気持ち】


都市開発計画はあれから順調に進んでいるらしく、斗真さんの残業も少なくなってきた。

体調を崩さないか心配だったので、ひとまず安心できそう。

斗真さんのおばあさんに会った日、まさか過去に助けた人が、斗真さんのおばあさんだったと知って驚いた。

斗真さんはただの偶然だと思っているかもしれないけど、私は再び大人になってから出会えたことが嬉しくて仕方がない。

おばあさんを助けたのが私だったのは運命なのではないかと考えてしまう。

そう思うのはきっと、私が斗真さんのことを好きだから、だよね。

斗真さんは運命とかそういう類いの言葉は嫌いだろうな……。

それでも、私は運命があると信じたい。

自分に起こるすべてのことに意味があると思っているから、斗真さんとの出会いにも必ず意味があるはず。

斗真さんを好きになったのもきっと意味がある——。

斗真さんのことをこれ以上好きにならないように斗真さんを避けていたけど、同じ家に住んでいる時点で顔を合わせないようにするのは無理があった。

それに、私から進んで家事をしたり料理を作ったりしているのに、急に避けたら斗真さんだって怪しいと思うに決まっている。

なので、とりあえず避けるのはやめて、自然の流れに身を任せて生きていこうと思う。

この恋と正面から向き合い、この気持ちを大切にしてあげたい——。


気づいたら一月の半分が終了。

斗真さんも都市開発が順調に進んできたため、最後の大詰めで再び忙しくなってきた。

私もお正月で休んでいた分の仕事が溜まってしまったので、家にパソコンを持って帰って在宅でも仕事をしないといけない。

上司に申告をすれば残業代が貰えるので、忙しくなったときはたまに家に持ち帰って仕事をするときがある。

今日も三十分ほど会社で残業をし、残りは家で終わらせることにした。

会社で支給されたパソコンには長時間用のバッテリーが内蔵されているからかなり重量がある。そのパソコンをトートバッグに入れて持ち帰る。

「あれ？　美鈴？」

駅のホームで電車を待っていると後ろから声をかけられた。振り向くとそこには栄二がいて思わず驚いた。

「栄二も仕事帰り？」

「そう。営業終わって直帰したから今から帰るところ」

「そうだったんだね」

栄二は私の肩にかかっているトートバッグを指さして、「この大きい荷物はなに？」と聞いてきた。

「パソコンだよ。持って帰って家で仕事するの」

「ええっ、そんなに忙しいの？」

「この時期だけね」

「ていうか、パソコン重いだろ。持ってやるから貸して」

「いいよいいよ！」

「遠慮するなって」

栄二は私からトートバッグを奪い取り自分の肩にかけた。

「そんなに重くないから大丈夫だよ」

「これを家までずっと持ってるんだろ？　肩痛めるぞ」

何度も断ったが、栄二は頑なにパソコンを返そうとしない。

「家まで持っていってやる」

「それはさすがに悪いよ……」

「いいから素直に甘えとけ」

悪いなと思いながらも栄二の優しさを無下にもできず、結局マンションの前まで持ってきてもらった。

マンションのエントランスに入る手前で受け取り、お礼を言うと栄二はそのまま去っていった。

玄関の扉を開けると玄関には斗真さんの靴がある。玄関の電気は人感センサーで自動でつくけど、リビングはいつも真っ暗なのに今日は電気がついている。

「おかえり」

「ただいま。今日は早かったんですね」

リビングの扉を開けると、斗真さんが部屋着でキッチンに立っていた。

「たまたま早く終わったんだ」

なんだかいい匂いがする……。

キッチンをのぞくと、そこには美味しそうな炒飯《チャーハン》が盛られたお皿がふたつある。

「斗真さんが作ったんですか？」

「仕事が早く終わったから」

「てっきり料理は一切しないのかと思ってました……」

「炒飯だけは作れる」

斗真さんの新たな一面を知れて、もっと好きになってしまう。

「あの、お皿がふたつあるってことは……」

「美鈴の分。一緒に食べようと思って」

え……？　斗真さんが私の夜ご飯を作ってくれたの……？

少し前までは食事は別々で食べようと言っていたのに……信じられない。

確かに、最近の斗真さんは急に私に対する態度が変わった気がする。

些細なことだけど、話すときの声のトーンが優しくなったのと、家事や料理に対して感謝の言葉をくれるようになった。

過ごす時間が増えたから、私という人間への抵抗がなくなってきたのかな……。

きっと百パーセント信用しているわけではないだろうけど、多少は心を開いてくれているのかもしれない。

都市開発の件でも私の意見を聞いてくれたし……。

私にだけじゃなくて、このまま人に対する不信感がなくなってくれると嬉しいな。

「ところで、その大きなバッグはなんだ？」

私は斗真さんが早く帰ってきてる事実が嬉しくて、荷物を持ったままだとすっかり忘れていた。

「パソコンです。少しやり残した仕事をしようと思って……」

「そんな重い荷物会社から持ってきたのか？」

まさか斗真さんにもパソコンを突っ込まれるとは思っていなかった……。

そんなに私がパソコンを持ち歩いているのって違和感があるの？

会社から持ってきたのは正しいけど、正確に言うと栄二に会って持ってきてもらった。

斗真さんが栄二に対してヤキモチを妬いたことがあるので、斗真さんの前で栄二の名前を出しづらい。

斗真さんは私からトートバッグを取り、「めちゃくちゃ重いな」と驚いた顔をする。

ウソをつくのもモヤモヤしてしまう。荷物を持ってきてもらったくらいなら大丈夫かな。

「たまたま栄二と駅で会って、重いからって家まで持ってきてくれたんです」

私は斗真さんの顔を見ずに、斗真さんにギリギリ聞こえるくらいの声で話した。

「ふーん」と、頭上から冷めた声が聞こえる。

やっぱり怒っちゃった……？

ゆっくりと斗真さんへ視線を向けると――。

「よかったな」

斗真さんはそう言いながら口角を上げているけど、私を見る目は笑ってない。

そして、徐々に距離を詰められ……私はキッチンに寄りかかる形になった。

「あ、の……」

今すぐにでもキスできそうな距離に、ドキドキしすぎて息が苦しくなる。

斗真さんのシトラスの香水の匂いも私を誘惑してくるようで……。

身の危険を感じた私は気づかれないようにその場から離れようとしたが、斗真さんが手をキッチンについてしまったので完全に逃げられなくなってしまった。

「わざと妬かせようとしているのか?」

あえて腰をかがめて目線を近くしてくるところは、本当にずるい。

「違います……!」

「妬かせて楽しんでいるように見えるけど」

「そんなことしません……! 栄二は本当にただの友達なんです」

斗真さんは「じゃあ……」と、私の顎に触れる。

「自分が、誰の妻なのか言って」

斗真さんの手が顎から唇、その次に頬から耳の後ろへと移動してきた。

熱っぽい視線に……私の体まで熱くなってくる。

顔の一部に触れられ、熱い視線を向けられているだけなのに息を吸うのが早くなる。

斗真さんのことが大好きなんだと――全身で言ってるみたいだ。

私は斗真さんの顔を上目遣いでジッと見つめる。

「私は……斗真さんの、妻です」

「分かっているならいい」

怒りが落ちついたのか、柔らかい口調で顔を触る手とは反対の手で頭を優しく撫でてきた。

両側からの攻撃に、もう心臓の音は最大限にうるさい。

「……ご飯、食べましょう？」

頭からは手が離れたが、耳の後ろを触れる手は全然離れる気配がない。

「なんで離れようとする？」

「……えっ⁉　べ、別にそういうわけじゃ……っ」

「俺の妻なんだろ？　夫婦らしくするんじゃないのか？」

「外の場だけじゃないんですか……？」

「普段から慣れておかないと意味がない」

斗真さんはそう言ってわざと顔を近づけてくる。

それって、こうやって触れられたり至近距離でいたりしても平常心でいなきゃいけないの……？

そんなの……どんなに回数を重ねても無理……！

「そのときが来たら完璧に演技するので大丈夫です。だから、その、これ以上近づかないでください……」

俯きながら斗真さんの胸を押すが、ビクともしない。

「近づいてほしくない理由は？」

「……ドキドキするからです」

自分で声に出したあと、我に返ってハッとした。

追い込まれすぎてつい本音が出てしまった……。斗真さんは恋愛感情を持つなと言ってたのにどうしよう。

「それは、俺にドキドキしてるって意味？」

斗真さんの手が首の後ろに回り、自然と視線が合わさる。

こんな状況で無理だよ……自分の気持ちにウソはつけない。

「……そうです」

静かな部屋の中に私のはっきりとした声が広がる。

斗真さんに唇を塞がれ、私は斗真さんのTシャツをギュッと握る。触れて離れるのを繰り返すキスに、頭がボーッとしてしまう。

唇は一度離れ、私は斗真さんに持ち上げられキッチンに座らせられた。

目線が合い、気持ちが一気に溢れそうになる。

「全然離れてほしそうな顔じゃないけど」

「……っ」

「もっと近づいてって顔してる」

心の中を読まれてるような不思議な感覚。

肯定もできないけど——今の私には、否定もできない。

「俺の首に腕回して」

その通りにしたらもっと近づくことになる。分かっているのに……体は言うことを聞いてくれなかった。

深くなっていくキスに私は必死にしがみつく。

私たちの関係は偽りの夫婦……契約したうえで成り立っているだけ。

斗真さんがこんなに私に触れてくるのも、私が妻を演じるためだ。

……そうだと分かっていながら、優しく触れられると勘違いをしそうになる。

斗真さんの手が私の体をなぞっていき、くすぐったさから声が漏れてしまう。

「ベッドに行こうか」

……その言葉がなにを意味するのか分かってしまった。

「はい」

斗真さんの寝室へと移動する。

契約結婚するときに聞かされていたのだから、別に驚きはしない。

むしろ怖がる私に気を遣って斗真さんは待っていてくれた。

ベッドに押し倒され、私の上に斗真さんが覆いかぶさる。

「最後までいいのか……？」

この行為に愛はないのだから、確認をとらずに進めてもいいのに、斗真さんは優しいからこうして聞いてくれる。

……だけど、優しくされればされるほど私の心は傷ついていく。叶わない恋。これからも心の中にしまっておかなければいけない恋。

それでも斗真さんのそばにいたいと思ってしまうのだから……恋って難しい感情だ。

うなずく私の唇に斗真さんは自分の唇を重ね、私の服の中に手を入れる。

心臓が口から飛び出てしまいそう――。いまだかつてこんなに緊張したことはない。

――そのあとはというと、部屋の中でふたりの甘い吐息だけが聞こえていた。

斗真さんは終始優しくて私の体の心配をしてくれていたけど、私はなにも余裕がなくて気がついたら斗真さんの腕の中で眠っていた。

幸せな行為なのに、私の心は曇っていて今にも泣いてしまいそうだった。

好きにならない約束――それは、私にとって大事な約束だったのかもしれない。

それさえ守っていれば、割り切った関係を続けられるのだから。

斗真さんがせっかく作ってくれた炒飯も冷めてしまい、温めなおしてふたりで食べた。

そしてその日以降――。

斗真さんはなぜか日に日に糖度が増している。

最初はその日の気分か、私の勘違いかと思ったけどどうやらそうではなさそうで……。

私より早く仕事が終わった日は自分の運転で車で迎えに来てくれたり、朝も時間に余裕があると会社まで送ってくれたりするようになった。

特に驚いたのは、料理を作っているときに「手伝う」と言ってきたこと。

どんな心境の変化なのと疑いの目を向けながらも、様子を見た。

これ以上好きになって傷つきたくない――その気持ちが一番大きい。

斗真さんにできないことはないみたいで、器用に手伝ってくれるのでとても助かった。

食事のあとのお皿洗いもしてくれるように。

ついこの間までの私の家での作業が一気に減ってしまった。

ゆっくりできる時間が増えたから喜ばしいできごとなんだろうけど、慣れない至れり尽くせりの生活にどぎまぎしてしまう。

最初の条件で【恋愛感情は持たないこと】と言われてから、斗真さんを一歩下がって見ているつもりでいた。

それなのに、いつの間にかとなりを歩いていて……気がつけばすぐ近くに斗真さんがいた。

斗真さんの優しさや男らしさ、人を気遣いできる心を持っているところを知っていくうちにどんどん惹かれていって。

好きになってはいけないと……思ったころには、もう遅かった。

斗真さんが優しくしてくれるのは嬉しい。

なのに素直に喜べないのは、斗真さんの気持ちが私と一緒ではないと知っているから。

私に心を開いてくれたからこその行動で、斗真さんは絶対に私を好きにならない。

自分が借金を肩代わりしてもらった立場だと肝に銘じている。

そこで、後継者になる条件として跡継ぎを儲けると有利になるのだと思い出した。

斗真さんが急に距離を縮めてきた理由がやっと分かった。

ここ最近の斗真さんの行動の変化の理由はそれだ。

優しくして甘い言葉を囁いて私を翻弄すれば、うまくいく。

本当は契約結婚をするかどうかすごく悩んだけど、家族のために生きたいから結婚しようと決めた。

私にとって人生で最大の決心。

自分の人生を捧げる覚悟で斗真さんと結婚する道を選んだのだ。

もし本当に跡継ぎができなくて斗真さんが焦っているのだとしたら、次こそは役に立ちたい……。


ある日、斗真さんから近くにできた新しいドーナツ屋さんに一緒に行かないかと誘われた。

嬉しくてすぐに「行きます」と返事をしたかったけど、私は一度言葉を飲み込んだ。

ちゃんと妻としての役割は果たそうと思っている。

……それに、またデートをしたら本当の夫婦だと勘違いしてしまいそうな気がする。

「その日は用事があるので、ごめんなさい」

私は渋々斗真さんからのせっかくのお誘いを断った。

デートのときくらい妻になりきって全力でふたりの時間を楽しめればいいいんだけ

ど……。だんだん斗真さんへの気持ちが大きくなってきたので、割り切れる気がしない。

私の気持ちを知らない斗真さんは、それから何度もデートに誘ってきた。

「知り合いの店を予約したから、仕事が終わったら一緒に食事しよう」

「分かりました。仕事が終わったら連絡しますね」

あまりに断りすぎているので、食事ぐらいならいいかと思い今日は承諾した。

だけど、内心は楽しみで仕方ない。もっとオシャレな格好をすればよかった……。

仕事が終わったので連絡すると、会社まで斗真さんが迎えに来てくれるというので会社で待つ。

そろそろ到着する時間かなと思い一階のロビーに降りると——たくさんの人たちが同じ方向を見ながらざわついていた。

どうしたんだろう……。

そう思いながら歩みを進めると、ロビーのイスに明らかに圧倒的なオーラを放つ男性がひとり座っているのが視界に入った。

「斗真さん……？」

細いストライプ柄のスーツを着た斗真さんがそこにいて、私と目が合った瞬間立ち上がり近づいてきた。

「どうしてここに……」

「迎えに来た」

「それは分かってますけど、中に入ってこなくても……っ」

この場にいる人全員が斗真さんを見ている。

「美鈴の会社がどんなところなのか気になってたから」

「だとしてもですね……」

「妻が気になるのは夫として当然だろ」

顔色変えずにサラッとそんなことを言う斗真さん。

斗真さんはいい夫を演じるために言っているだけだと分かっているのに、私の胸は簡単に高鳴ってしまう。

しかし、ここは会社のロビー。のんきに夫婦役を楽しんでいる場合ではない。

ウソのような本当の話で、斗真さんはこの場にいる人全員の注目を集めている。

ただ顔が整っているだけではなく、立ち方や仕草、斗真さんを纏う空気すべてに迫力があって意識せずとも見てしまう。

周りからは、「どこかの社長さん……?」「俳優みたいにかっこいいんだけど」「あの人なにかで見たことある気がする……」といろんな声が聞こえてくる。

「美鈴さん、その人ってもしかして……旦那さん？」

後ろから声が聞こえたので振り返ると、上司の須山《すやま》さんが私ではなく斗真さんをジッと見ていた。

須山さんは私が入社したときから一番お世話になっている直属の上司で、社内でもみんなから頼られる女性だ。

「はい、そうです」

「初めまして、夫の峯島斗真です。いつも妻がお世話になっております」

斗真さんはスムーズに須山さんにあいさつをし、須山さんも斗真さんに合わせて頭を下げた。

「職場が一緒の須山です。美鈴さんがどんな人と結婚したのか気になっていたんです。こんなにかっこいい方だなんてびっくりしたわ」

須山さんは斗真さんから直接そう聞いて、目を輝かせたまま私の肩をつかんできた。

「素敵な人と結婚できて幸せものね」

私たちの間に本当に愛があったのなら、心の底から自信を持って返事ができたのかもしれない。

私は「幸せです」と笑顔で答える。

すると、斗真さんが私の肩を抱いてきて、その瞬間辺りがさらにざわつき始めた。

「むしろ俺のほうが幸せです。美鈴をこれからもどうぞよろしくお願いします」

「あら〜、とってもラブラブなのね。これからも仲良くね。こちらこそ美鈴さんをよろしくお願いします」

斗真さんの手に力が入り、体をグッと引き寄せられる。

演技だとしても『幸せです』という言葉はインパクトが強すぎて、体がふらつきそうになった。

「じゃあ、行こうか」

「……はい」

須山さんに軽く会釈をし、私は斗真さんに肩を抱かれたまま会社を後にした。

会社の前には斗真さんの移動用の車が停まっていて、私たちは車に乗り込む。

「急に来るからビックリしましたよ！」

「ああ、悪いな。仕事が早く終わったからついでに見てみようかと思って」

「あの場にいた人たち全員が斗真さんのことを見てましたね」

「そうか？」

斗真さんは窓に肘をつきながらまったく動じないといった様子で私のことを見てくる。

斗真さんは注目を浴びるのは慣れているから、今さらたくさんの人に見られたところで気にならないのかも。

「改めて斗真さんがすごい人なんだなって実感しました」

「別に俺はすごい人じゃない。すごいのは財閥を創設した曾祖父であって、俺はたまたまその血を継いでいるというだけだ」

「斗真さん自身も起業して自分が社長になってお仕事を頑張っているじゃないですか。その頑張りが斗真さんを纏うオーラに繋がっているのだと思いますよ」

「……纏うオーラ？」

もしかして斗真さんは自分ではそのオーラに気づいていないの？

「斗真さんからは周りの人を一気に引き寄せる魅力的なオーラが出ていて、だからこそ、部下の人たちもこの人について行こうと思っているんですよ」

「自分では分からないけど、誰かに俺自身の分析をされたのは生まれて始めてだ」

斗真さんは小さく笑いながらも、どこか寂しげな表情をして――。

「褒められたのも、初めてだ」とつぶやいた。

なぜかその顔が幼い子どものように見えて、斗真さんを抱きしめて安心させたいと思った。

私も一般家庭よりは裕福な生活をしていたから分かるけど、お金がたくさんあるからといって幸せを感じられるわけではない。

もちろん最低限生活をしたり、娯楽を楽しんだりする点ではお金が必要かもしれない。だけど、どんなにお金で不自由を感じなかったとしても、斗真さんのように心の底から笑う回数が減ってしまう場合もある。

私は、たまたま家族が仲良くて一緒に過ごす時間が長かったからこそ、何気ない日常で幸せを感じられたのだと思う。

予約していたイタリアンレストランに到着し車を出ようとしたとき、ちょうど斗真さんの電話が鳴った。

仕事の取引相手からの大事な電話だったので、私は先に降りて席で座って待っていることに。

個室に案内され、途中までついてきてくれた榎本さんが部屋を出ていこうとしたが、再び扉を閉めて私のほうを向いてきた。

「どうして斗真さんのお誘いを断るのですか？」

いきなり来たとんでもない質問に、どう反応すればいいか分からず言葉に詰まる。

「……私の勝手な見解ですが、美鈴さんは斗真さんに好意があるのだと思っていました。違いますか？」

「……そんなことありえません！」

榎本さんに私の気持ちがバレたのが衝撃的だけど、とっさの判断で否定できたのは我ながらよくやったと思う。

「そうですか。斗真さんを愛おしそうに見ている気がしたのですが……」

「気のせいです。斗真さんを好きになってしまったら契約違反になりますから」

榎本さんは納得していないのか、眉間にしわを寄せて私をジッと見てくる。

「少なくとも、斗真さんが美鈴さんに好意を抱いているのは分かっていますよね？」

「……へ？」

「もしかして気づいていなかったのですか？」

「ま、まさか。斗真さんは誰も好きにならないって言っていたんです。デートに誘ってくるのも跡継ぎを儲けるためにしているのでは？」

「直接斗真さんから聞いたわけではないので、ここからは私の考えになります」

榎本さんは斗真さんについて話し始めた。

斗真さんは回りくどいやり方が嫌いな人で、いかに短く時間をかけずに問題を解決するかを重視しているらしい。

仕事ではもちろんプライベートでもそうで……。

斗真さんの父親や親戚が勝手にお見合いをセッティングしたときも、結婚する気がなかった斗真さんは相手の女性と会うこともせず先に断ったのだとか。

直接会ったとしても恋愛に発展する確率は低いため、会って話すという無駄な時間をなくすために断ったらしい。

「なので、跡継ぎを儲けるために美鈴さんともっと仲良くなろうと何度もデートに誘うのは、効率的な斗真さんらしくない行動なんです」

確かに、わざわざ休みの日に一日出かけたら相当な時間を奪われてしまう。効率的とは言えない。

「直接跡継ぎのことを話すか、直接的に距離を縮めようとするはず。だけど、そうしないのは……もっと一緒に時間を過ごして美鈴さんを知りたいと思っているのではないかと解釈しています」

斗真さんが私に好意を抱いているなんてありえないと思ったけど、榎本さんの話を聞いていたら妙に納得してしまいそうな自分がいる。

——本当はどこかで気づいていた。

斗真さんが私に向ける視線や声、態度の変化を感じていた。

だけど、最初に言われた『恋愛をする気はない』『誰も好きにならないから』という言葉が頭の中にこびりついて離れなくて、確信には変えられなかった。

だってもし違ったら離れることになってしまう。今よりもっと傷つくことになる。

……私は自分を守るために、斗真さんの気持ちから目を背けていたんだ。

「あくまでも、私と斗真さんは利害が一致して成り立っている関係。斗真さんに借金を返済してもらったので、妻としての役割を果たすのが私の役目です」

もし斗真さんが本当に私に好意を抱いてくれているとしても……今の私にはそれを受け止められるほどの器がない。

……斗真さんに、私はふさわしくない。

「後継者争いで勝てるように妻として役目をきちんと果たせられればそれでいいんです」

真剣に榎本さんを見つめて話すと、榎本さんは表情を変えずに「分かりました」と言ってそれ以上は口を開かなかった。

そのすぐあとに電話を終わらせた斗真さんが車から出てきたので、私たちはレストランの中に入ることにした。

「榎本となにを話してた」

席につくや否や斗真さんの口から出た言葉はそれだった。

「都市開発の現状について聞いてただけですよ」

「それにしては長かったな」

車の中から私と榎本さんが話しているところを見ていたのだろうか。

「順調に進んでいると聞いたので安心しました。残り最後まで頑張りましょうね」

これ以上突っ込まれると困るので、私は話の流れを変えた。

【涙の別れ】

幼いころは雪だるまを作れるほどよく雪が降っていたけど、今はなかなか降らなくなってしまった。

それでも手先が凍るように冷たくなるこの季節は——一段と人肌が恋しくなる。

風のウワサで、蓮さんの会社が大きな事業をひとつ成功させたと聞いた。

人材派遣を取り扱っていて、企業側も派遣される側も使いやすいため一気に口コミが広まり人気になったらしい。

結婚はまだしていないけど、複数の女性と会って婚約者探しに本気で取り組んでいるのだそう。

後継者争いもだんだんと終盤へ近づいてきた気がする。

私と斗真さんが結婚することになったきっかけでもあるから、いざ終わりを迎えようとしているとなると複雑な気持ちになる。

もちろん斗真さんが選ばれてほしいけど、この争いに決着がついたら……私の役目はどうなるのだろうか。

跡取り争いで結婚は必須条件だったけれど、必ずしも跡継ぎを儲けなければいけないわけではない。

いつまで斗真さんのそばにいられるの……？

漠然とした不安を抱えながらも、私は変わらない日々を過ごしていた。


――二月の中旬。

母がもうすぐ退院できるので、母が帰ってきたときに困らないように実家を片づけに来た。

父と同じ年くらいの男性が中庭を抜けた先の玄関の前で父と話しているのが目に入り、「こんばんは」と私は話しかける。

――振り返った人の顔を見たときに、愕然《がくぜん》とした。

その人は、父を騙した柳《やなぎ》さんだった。

父と仲が良かったので何度か顔を見たことはあるが、まるで別人のような見た目をしている。

洋服は洗っていないのか汚れが目立ち、全体的に痩せこけていて目の色に力がないという表現が正しいのか分からないが、生気がないとはこういう人のことを言うのかと感じた。

「美鈴……」

父には片づけに帰ると連絡してあったが、父は「今すぐ帰りなさい」と目で訴えてくる。

「どうしてあなたがここにいるんですか……？」

「あの峯島財閥の孫と結婚したんだろ？　たんまりある金の中から少しだけ分けてほしいんだ」

「美鈴とあなたはなんの関係もないだろ。いい加減なことを言うな」

なんで柳さんが私と斗真さんが結婚したと知っているのかは謎だけど、それを出しに使ってお金を借りようとしているのが信じられない……。

「結婚したからといって私たちのお金ではないし、よく考えれば父があなたにお金を貸すはずがありませんよね？」

「あの土地か？　結果的に今は借金全部返してもらったんだから、元から借金なんてなかったようなもんじゃねえか」

私たち家族がどれだけ辛い思いをして生きてきたか……。

借金を抱えてからは夜も眠れず、食事ものどを通らず笑えなかった。

借金取りからの電話が毎日のように鳴り、怯えながら生活してた。

当たり前にできていた普通の生活ができなくなることがどれだけ人の心をえぐるのか、それは実際に体験した人にしか分からない。

——だとしても、少しの良心があれば、相手の気持ちに寄り添おうとするはず。

この人にはその良心が一ミリもない。

怒りで握る手に力が入る。誰かと話しててこんなにも息苦しくなったことはない。

やっと斗真さんのおかげで平穏な日常を取り戻せたのに、またこの人のせいで家族が苦しまなきゃいけないの……？　そんなの許せない。

私は柳さんに向かって深々と頭を下げる。

「お願いです。もう私たち家族に関わらないでください」

本当は頭なんて下げたくない。でも、家族を守るためには仕方のないことだから震える手を抑えながら私は頭を下げた。

「なら、峯島財閥におまえたちが借金を背負ってたことを話してもいいんだな？」

「それは困ります」

「なら、さっさと金を用意するんだな。次来たときが最後だからな」

柳さんはそう言って私の横を通り過ぎ、その場を去っていった。

「嫌な思いをさせたな……悪かった」

「お父さんは謝らなくていいんだよ。まさか、また来るなんて……」

どうやら父にも連絡は一切なく、いきなり家に訪ねてきたらしい。

「いろいろ出しゃばっちゃってごめんね。でも、お父さんのことだから自分でなんとかしようとするんじゃないかと思って……」

「そりゃあ、おまえはもう結婚して峯島財閥に嫁いだ身なんだから迷惑かけられないだろ」

「嫁いだからってお父さんの娘じゃなくなるわけじゃないでしょ？　それに迷惑だなんて思わない。家族なんだから頼ってほしいよ」

「……ああ、ありがとう。だけど、借金のことを話されたらどうしような……」

「そうだね。それはまた私のほうでいろいろ考えてみる」

斗真さんに相談したら早く解決するのかもしれないけど、これは私たちの問題だから巻き込みたくない。

ただでさえ、今は跡取り争いと都市開発のことで大変な時期だから斗真さんの手を煩わせるわけにはいかない。

「夜ご飯食べていくだろ？」

「ありがとう」

斗真さんに【実家で夜ご飯を食べてから帰ります】とメッセージを送り、私は父と直輝と久しぶりに夜ご飯を食べた。

食器を洗っていると電話が鳴ったので出てみると、相手はなんと斗真さん。

『今、美鈴の実家の前にいる』

「えっ⁉」

『ちょうど仕事が終わったから』

突然の展開に驚きつつ事情を父に説明すると、口角をあげながら「迎えに来てくれたんだろ。洗い物はいいから早く行きなさい」とカバンを渡された。

「正直、斗真くんと美鈴が仲良くやっているのか不安だったけど、ちゃんと愛されてて安心したよ」

「……ならよかったよ」

愛されてるように見えているのなら、それは斗真さんの演技が上手だってことだ。

「ちょうど仕事が終わったって言ってるけど、帰りそうな時間に合わせて迎えに来てくれたんだと思うぞ」

「そ、そうなのかな……」

「美鈴は人に優しくできるのに、人から優しくされるのは苦手だろ。相手からの親切な気持ちは深く考えずに受け止めていいんだぞ」

「深く考えない?」

「あれをしてくれたから、これをしてくれたからと理由があって優しくしてるわけじゃない。人は単純な生き物だからな」

父が結局なにを言いたかったのか分からずに終わってしまったけど、とにかく斗真さんの優しさを素直な気持ちで受け止めろってことなのかな……。

確かに、斗真さんになにかされるときは〝優しい! ありがとう!〟だけでは済まない。

それはなぜかというと、私たちの間には契約結婚という壁があるから。そのせいで、どうしても素直には受け止められない。

……時間が過ぎれば、父の言いたかったことが分かるようになるのかな。

家の前に斗真さんの車が停まっていて、仕事用の車ではないことに驚いた。

見送りに来た父と斗真さんがあいさつを交わし、私が乗り込むとすぐに車は発進した。

「今日はお仕事に自分で行かれたんですか?」

「……ああ。運転手が体調を崩したからな」

「そうだったんですね。お迎えありがとうございます」

「実家に寄るなんて珍しいな」

「母がもうすぐ退院なので、実家を少し片づけておこうかなと思って」

「そういえばそうだったな。無事に退院できるといいな」

信号が赤になり車が停まると、斗真さんが私の顔をチラッと見てきて「なにかあったのか？」と聞いてくる。

「なんでですか？」

「なんとなくいつもより暗い感じがする」

その理由が柳さんだというのは分かっている。だけど、柳さんが来たことは言えない。

「ご飯をたくさん食べたら眠くなっちゃったんです」

「そうか。それならいい」

ごまかしも聞いたみたいで、とっさにウソをついたけど、なんとか信じてもらえたみたいでホッとした。

……だけど、やっぱり斗真さんにウソをつくのは心がモヤモヤする。

契約上の関係とはいえ、数ヶ月一緒に暮らして夫婦を演じてきた仲なので心苦しい。

それでも、斗真さんを巻き込みたくないという気持ちが強いので、私はそれから誰にも相談せずどうしたら解決できるのかを必死に考えていた。

今は斗真さんに生活費などを支払ってもらっているので、多少は貯金ができている状態。

その貯金を柳さんに手切れ金として渡すというのも考えたけど、父にそれを話したら断固拒否されてしまった。

柳さんの共通の知り合いから聞いた話だと、かつての知り合いたちに片っ端からお金を貸してほしいとお願いしに回っているらしい。

父からだまし取ったお金もギャンブルやキャバクラで使ってしまい、今は日雇いで働いたお金で首の皮を繋いでいるのだと。

そんな人に一度でもお金を貸してしまったらずっとお金をせがまれるようになるから、少ない金額でも貸してはいけないと父に言われた。

解決策は見つからず時間だけが過ぎていった。

須山さんに有休を消化するように言われたので、今日は平日だけど仕事は休み。

朝は斗真さんを送り出して一通りの家事を済ませたあと、溜まっている斗真さんのシャツのアイロンをかける。

そこへ斗真さんから、『大事な書類を仕事部屋に忘れてしまったから届けてほしい』と連絡が来たので急いで斗真さんの会社へ向かった。

「奥さまですね。ご案内します」

受付で名前を伝えると、すぐに社長室まで案内してくれた。

いまだに奥様と呼ばれるのが慣れず、むず痒くなる。

社長室の扉をノックすると、「はい」と斗真さんの声が聞こえたので扉を開ける。

開けた先には真正面にあるイスに座り机の上で仕事をしている斗真さんがいた。

眼鏡をしているので、見た瞬間誰かと思った。

「わざわざ悪いな」

斗真さんは私に気づくと動かしていた手を止めて立ち上がる。

「すぐに帰るので座っててください……！」

小走りで斗真さんに封筒に入った書類を渡し、書類が合っていたか確認してもらう。

初めて入った仕事部屋は書類や本がきれいに整頓されていて几帳面な性格が表れているようだった。

いろんな種類の本も本棚にびっしりと並んでいて、経営者としてたくさん努力しているのが垣間見えた気がした。

それにしても、顔が整っているとなにをつけても似合うというのは本当なんだな……。

いつもは色気が漂う大人な男性というイメージだけど、眼鏡をかけているだけで知的で紳士なイメージがピッタリ。

また違うかっこよさが垣間見えて心臓の奥が音を立てて鳴る。

「これで合っている。けど……」

「けど、なんですか？」

「なんでそんなに見てくる？」

「え……いや、それは……」

無意識に斗真さんを凝視してしまった。

眼鏡姿がかっこよくてつい……なんて、とてもじゃないけど言えない。

「ゴミが斗真さんの髪の毛についてたんです！」

頭の中をフル回転させてなんとかごまかすと、斗真さんが「自分じゃとれないから美鈴がとって」と言ってきた。

「分かりました……」

斗真さんはイスごと私のほうを向き、少しだけ前かがみになる。

それでも斗真さんの足が長いので、私はイスの肘おきに手をつきながら必死に反対の腕を伸ばしてあたかも斗真さんの髪の毛についていたゴミをとるフリをした。

「とれました！」

私がゴミをつまんだように見せかけると、私のお腹の虫が部屋中に鳴り響いた。

その瞬間、斗真さんが急に私の顔を見上げてきて……。

「お腹減ったのか？」

お腹がぺこぺこだとバレてしまったのも、こんなふたりで密室の状況でかわいくない音が鳴り響いたのも恥ずかしくて、全身に冷や汗をかくのが分かった。

そして不意打ちの斗真さんのドアップの威力があまりにも強く、私はその場で腰を抜かしてしまった。

肘おきに手をついたままだったのでそのまま斗真さんのほうに倒れ込み、斗真さんのほうを向いて斗真さんの膝に座る形になった。

上半身は斗真さんが受け止めてくれたので怪我はしなかったものの……スーツのジャケットに私のリップがついてしまった。

「ごめんなさい、ジャケットにリップが……っ」

「ああ、今日は脱いで仕事するから気にするな」

「それに座ってしまってごめんなさい……今すぐどくので……っ」

急いでどこうとすると、斗真さんに腰をつかまれてしまったので動けなくなった。

「あの、斗真さん……？」

「夫婦なのに、届けてすぐに帰ったら怪しまれるんじゃないか？」

「……確かに、それはそうかもしれないですね。だとしてもこの体勢にはなんの意味が……」

斗真さんの顔が近いし腰に手が触れているし、とにかく恥ずかしさでどうにかなりそう。

「美鈴の顔が赤くなるところを見たくて」

「なんですかそれは……っ、完全におもしろがってますよね……!?」

私は両手で自分の顔を隠す。斗真さんの望み通り顔が赤くなっているから顔が熱い。

「隠すなよ」

「嫌です。真っ赤で間抜けな顔なんて見せられません」

「真っ赤でかわいいの間違いだろ」

「……へ？」

予想だにしない〝かわいい〟発言に、両手を外して斗真さんをジッと見つめる。

今のは、私の聞き間違い……？

まさか斗真さんが言うはずないよね……？

「重いと思うので降ります……っ」

私は逃げるように斗真さんの膝から降り、ソファへと座る。

斗真さんはすぐにとなりに座ってきた。

「逃げられると思ったのか？」

目を逸らさない斗真さんからの視線と低く甘い声に意志が弱くなる。

なにか理由をつけて降りようと企むけど、斗真さんは頑なに離してくれない。

「お仕事はいいんですか……？」

「今日はまだ休憩してなかったからちょうど休憩できる」

「あ、肩でも揉みましょうか？」

ドキドキをごまかすように私が提案すると、斗真さんは「ああ、お願いしようかな」とすんなり受け入れてきた。

斗真さんは私に背中を向け、私は斗真さんの両肩を揉む。

十分ほど揉むとほぐれてきたので「どうですか？」と聞くと、「すごくスッキリした」と言って私のほうに顔を向けてきた。

片方の私の腕を自分の首に回して固定する。

さっきよりも顔が近くなり、斗真さんの薄茶色の瞳に自分が映っている。

顔が近づいてくるのが分かって——私は目を閉じた。

しかし、なにも起こらないのでゆっくりと目を開けると、目の前にはニヤニヤとした斗真さんがいた。

「キスされると思った？」

「……違いますっ」

「キスしてほしそうな顔してる」

「してませんよ……」

「俺はさっきからキスしたいのに我慢してる」

斗真さんは、さっきまでの緩んだ表情とは打って変わって急に真剣な表情になった。

好きな人にそんな言い方されたら断れない。

私の気持ちを知らずに、気持ちを揺さぶってくる斗真さんが憎くて——大好き。

なにも言い返せずにいると、斗真さんの手が私の顎に触れて顔を少し上げる。首に回した腕は斗真さんの手が外れても位置はそのまま。

どんなに心で本心に歯向かおうとしても、どうしたって体は言うことを聞かない。鼓動が速くなり斗真さんを見つめる瞳が揺れ動くのが分かる。

ああ……どうか私の気持ちには気づかないで。気づいたとしても見て見ぬふりをして。

大きくなりすぎたこの恋心を必死に抑えるから——。

「ん……っ」

目を閉じた瞬間、斗真さんの唇が重なり柔らかい感触が私を襲う。

斗真さんのキスは優しくて、普段の冷静で落ちついている性格とは正反対でそのギャップに胸を打たれる。

包み込むようなキスをされるたびに、本当に大切にされていると勘違いしてしまいそうになる。

「美鈴、口開けて」

「……っ」

恥ずかしさを捨てて言われたとおりに口を開けると再び斗真さんの唇が重なり、隙間から柔らかい舌が侵入してきた。

激しくなっていくキスに呼吸も乱れていき、タイミングを見計らっては必死に息を吸う。

なにかをつかんでいないとその刺激に耐えられそうになくて、自然と斗真さんの首に両腕を回していた。

一気に激しく深くなるキスに私は無我夢中でついていくしかない。

斗真さんのキスに溺れそうになっているそのときだった――。

ノック音のあとすぐに榎本さんの「社長、今このままお話してもよろしいでしょうか」という声が聞こえた。

榎本さんの低い声で現実に引き戻された。

その瞬間、この時間のこの世のすべての羞恥心をひとりで抱え込んだのではないかというほど、人生で味わったことがない量の恥ずかしさが一気に押し寄せてきた。

「私、帰ります……っ」

榎本さんに聞こえないように小声でそう伝えると斗真さんに「このままでいい」と言われてしまったので、私は仕方なくその場で座ったまま。

「『桐谷《きりたに》株式会社』の社長と娘の沙織《さおり》さんがお会いしたいと……どうしますか？」

「分かった。あと五分後にここに通してくれ」

扉がいつ開いてしまうのかとハラハラドキドキしたけど、扉越しで会話をして終了した。

「かしこまりました」

取引先の人が来たのかな？

「五分後に来るんですよね？　私行きますね」

「いや、美鈴もここにいて」

「え？　私がいたら邪魔なんじゃゃ……」

「妻として紹介したいから」

そう言われたら仕方ない。私は「分かりました」と返事をして斗真さんの首から手を離す。

「でも、さすがにそのままだとまずいからその鏡で整えたほうがいいな」

急いで壁にかかっている鏡で自分の姿を見ると、後ろでひとつにまとめていた髪の毛が無造作に乱れ、頬は火照り目が潤んでいてメイクが少し崩れていた。

――さっきまでの斗真さんとの行為を思い出し、それをかき消すように急いで髪の毛と顔を整える。

斗真さんは私のリップがついたジャケットを脱いで端にある洋服ラックにかけた。

「ジャケット着なくても大丈夫ですか？」

「ただ会いに来ただけだろうから気にしなくていい」

……こうして五分後、桐谷社長とその娘さんが社長室にやってきた。

「おおー、斗真くん久しぶりだねえ」

「お久しぶりです」

五十代くらいの男性と斗真さんはすぐに軽いあいさつを交わす。

男性の後ろから現れたのは……私と同い年くらいの若い女性。

はっきりとした二重に丸く大きな目、艶っとした唇に天井の照明が映るほどきれいなミディアムヘアの黒髪が特徴的。

こういう人のことを〝かわいい〟というのだろうなと納得するくらい、女の子らしい雰囲気を醸し出している。

その女性は斗真さんと目が合った瞬間、ニコッと笑って「お久しぶりです。こうして会えて嬉しいです」と会釈した。

この前の結婚お披露目パーティーは用事で来られなかったらしい。

私と目が合い、お互いにとりあえず会釈をする。

「この人が先日結婚した妻の美鈴です」

「美鈴と申します。よろしくお願いします」

斗真さんに紹介されたので、私はふたりの顔を交互に見て頭を下げた。

「なるほど、この子がうちの娘が負けた選ばれし女性というわけだな」

「もう、お父さんそういうこと恥ずかしいから言わないでよ～」

以前、斗真さんがお見合いをたくさんしてきたと言っていたのを思い出す。

沙織さんもその中のひとりなのだろうか。別に負けたわけじゃないのに……。

「この方は主に住宅をメインにしている桐谷株式会社の社長の桐谷進《きりたにすすむ》さんで、その娘の沙織さん」

「沙織です。よろしくお願いします」

情報に疎い私でも知っている。誰もが一度は聞いたことのある住宅会社だ。

手を差し出してきたので握手をすると、一瞬だけ想像以上に強く握られたので思わず顔が歪みそうになった。

わざと強く握ってきた……？　まさか気のせいだよね。

そのあとはソファに斗真さんと私がとなり同士で、向かい側に桐谷さん親子が座って話を始めた。

主に話の内容としては、都市開発を進めている話が耳に入り、もし住宅を増やす計画があるのなら桐谷株式会社に任せてくれないかという提案。

沙織さんは仕事の内容に詳しいみたいで、途中何度も会話に入っていた。

私も都市開発について話を聞いているためなんとなくは理解できたが、沙織さんほど詳しい知識はない。

なので相槌をうち傾聴していた。

「詳くはうちの都市開発チームが知っているので、少し話してみますか？」

「そうさせてもらおうかな」

「では、それから要検討で」

桐谷社長と斗真さんは立ち上がる。

「少しだけ下で話をしてくるからここにいて」と斗真さんに言われたので、私と沙織さんは社長室に残された。

なにを話せばいいんだろう……そう思っていると。

「ずっとあなたに会いたかったんです」

沙織さんのほうから口を開いてくれた。

「私を知ってくれていたんですか……？」

「ええ、もちろんよ。誰ともウワサにならずに結婚はしないんじゃないかと言われていた斗真さんが妻に選んだ女性だもの」

「たまたまタイミングがよかっただけで、私自身は普通の人間なので……」

「そうよね」

「……え？」

沙織さんの表情がどんどん険しくなっていく。

「あなたもあなたの家の会社も大したことないわよね。街中のいくらでもある中小企業でしょ？」

「どうして私の家のことまで知ってるんですか？」

「調べるに決まってるでしょ。元婚約者の身として、私を蹴落として選ばれた人がどんな人で家柄がどんなレベルなのかって気になるもの」

「……沙織さんは、斗真さんの婚約者だったんですか？」

「あら、聞いてないのね。まあ、そうよね。元婚約者と私とあなたのレベルが違いすぎて話したら可哀そうだものね」

確かに、斗真さんから過去の女性関係の話を聞いたことはない。

恋愛に対して苦手意識があるようだったから、私からは聞きづらかった。

そりゃあ、こんなに容姿も経済面も高スペックな人なのに女性が寄ってこないはずがない。

斗真さんはお見合いも断っているのかと思ったけど、まさか過去に婚約者がいたなんて……。

「今日あなたを見て確信したわ。斗真さんはやっぱり私と結婚したほうが幸せになれると思う。私なら斗真さんの夢を叶えてあげられるわ」

「夢ですか……？」

「あら、なにも知らないのね。斗真さんが今進めている都市開発はもっと可能性を広げられるものなのよ」

沙織さんの話だと、土地を一から開拓して新たにたくさんの住宅を建てるのはすごくお金がかかるらしい。

「父の会社だったらマンションからアパート、一軒家まで建てることができるから余計な打ち合わせや予算を大幅にカットできるの」

「そうなんですね……」

「それに比べてあなたのお父さんはなにかの役に立つの？　一億円の借金を返済してもらう代わりに土地を売却しただけでしょ？」

「なんでそれを知ってるんですか……っ？」

「大企業の力舐めてもらっちゃ困るのよ。このあたりの情報ならすぐに調べれば分かるわ」

沙織さんは「でも、安心して」と続ける。

「一億円の借金があったのも、斗真さんがそれを肩代わりしたのも内緒にしてあげるから」

「ありがとうございま――」

「その代わり、斗真さんと別れてほしいの」

お礼を言いきる前に遮られたと思ったら、沙織さんから出てきたのはまさかの言葉。

「父は私と斗真さんが結婚したら、都市開発で協力できるすべての予算をチャラにすると言っているの。つまり、私と結婚することによって、斗真さんの夢である都市開発事業が早く確実に成功するのよ」

桐谷株式会社がどれだけすごいのかは今の話だけで十分に伝わった。

私の家が現在進行形で斗真さんの事業の役にたっているかと言われたらたっていないというのが正しい。

だけど、私なりにそばで斗真さんを支えてきたつもり。

任された妻としての役割を果たす努力は怠らなかったと思う。

「あなたが気にしているのは借金を肩代わりしてくれた恩でしょ？　お金なら困っていないからいくらでも出してあげるわ」

「…………」

「斗真さんはあなたと別れたほうが全部上手くいくのよ」

本当は言い返したいのに、言い返せる言葉が見当たらなくて声を失っている。

ここでこの提案を飲めば斗真さんが今よりも幸せになれるのは分かっているのに、それができないのは最後に私の気持ちが大きな邪魔をしているからだ。

斗真さんのそばにいたいし、もっと知りたい。

こういうときに笑うんだって新たな発見をして、こんな表情もするのかとまだ見たことがない斗真さんの顔を見たい。

……こんなにも誰かを好きになったのは初めてだから、どうしてもこの気持ちを捨てられない。

「考えておいてね」

沙織さんがそう口にしたあと、すぐに社長室の扉が開いた。

桐谷社長の姿はなく、斗真さんひとり。

「では、このあと用事があるので帰りますね」

斗真さんが入ってきたと同時に沙織さんは部屋を出ていった。

「どうした？　なにか言われたのか？」

「なんでですか？」

「顔が暗い」

さっき沙織さんに言われた言葉のダメージが相当強かったので、顔に出てしまったみたい。

「気のせいですよ！　なにも言われてないです」

「なにを話してたんだ？」

「他愛のない話ですよ」

私は心の奥を覗かれないように必死に隠した。

「用事があるので、私はそろそろ帰りますね」

「運転手に送らせようか」

「寄るところがあるので大丈夫です。ありがとうございます」

「残りのお仕事も頑張ってください」と言葉を残し、私は社長室を後にした——。

元婚約者で斗真さんと親しいわけじゃない沙織さんの話を真に受ける必要なんてな

いと、最初こそ強気でいたけど……。

都市開発の進み具合が気になっているとき、ちょうど家で都市開発について斗真さんが部屋で誰かと電話をしていた。

ダメだとは分かっていても、つい聞き耳を立ててしまう。

『……そうだな。そこをもう少し詰めればもっと大きい市場を目指せるかもしれない』

『それじゃあ……可能性は小さくなる』

壁を一枚挟んでいるためすべて聞き取れなかったが、話の内容的に……沙織さんの言っていた通り、斗真さんは都市開発事業を今よりも大きくしたいと考えているのだと分かった。

やはり住宅関連のことが思うようにいかず、斗真さんは悩んでいる様子だった。

沙織さんの話が事実だと分かり、彼女が言っていたことを改めて思い出す。

私の父の借金返済の交換条件として、後継者争いで探していた結婚相手に私が選ばれた。

一緒に暮らし始めたころは一緒に住む意味がないと思うくらい生活の共有を嫌がられ、常に冷たい態度でときには突き放されることもあった。

そんな中でも、ときに垣間見える斗真さんの気遣いや仕事への熱心な姿勢を近くで見るうちに斗真さんへの印象がだんだんと変わっていった。

それからはより一層、妻としての役割を果たそうといろいろ頑張ってきたつもり。

そこまで頑張れたのは、斗真さんの事業が軌道に乗ってほしかったから。

斗真さんの望みが、いつの間にか私の望みにもなっていた。

今では斗真さんのことを人として尊敬していて、一番大切にしたいと思っている。

……だけど、もしかしたらそれは私の勝手なエゴなのかもしれない。

そもそも誰も好きにならないと言っていた斗真さんを好きになってしまった時点で、私は妻として失格なのではないかな。

恋愛感情を持ってしまった私は——完全に契約違反だ。

大好きだからこそ、斗真さんには幸せでいてほしい。

本当は私が幸せにしたかった。これからも偽りの関係だとしてもそばにいたかった。

だけど……私が離れることでもっと斗真さんの夢に近づけるのなら、離れる選択をしたほうがいい。

約一週間考えた結果——。

私は斗真さんから離れる決断をした。

【ガーベラの花】

仕事の休憩中に市役所に行き離婚届を貰ってきて自分の名前の欄だけ記入する。

この日は斗真さんが夜に会食があって帰りが遅いらしいので、顔を合わせずに家を出ていける。

常識的に直接顔を見て別れのあいさつをしたほうがいいと思ったけど、たぶん斗真さんの顔を見てしまったら決心が揺らいでしまう気がした。

本音を言えば離れたくない。でも、私と一緒のままでは会社が成長できない。

逃げるようになってしまうが……今の私にとってはこれが最善の策だった。

記入した離婚届をダイニングテーブルの真ん中に置き、そのとなりにはいつもよりも時間をかけてアイロンしたシャツをきれいに畳んで置いた。アイロンをかけるのも最後だろう……。

キャリーケースと大きなボストンバッグに荷物を詰め込み、入りきらなかった分は後日取りに来させてもらおうと思う。

とりあえずは、すぐに必要なものだけ持って帰る。

斗真さんのことだから、離婚届を見つけたらすぐに手続きを進めるかもしれない。

……そうしたら、今の私の部屋には沙織さんが住む可能性がある。そうなったら早めに荷物を取りに来ないといけないな……。

もうこの部屋も最後なのか……。

初めてこの家に来たあの日をつい昨日のことのように今でも鮮明に思い出せる。

緊張と不安でいっぱいだったあの日。黙々とひとりでこの部屋で荷ほどきをした。

あれから気がつけば三ヶ月半が経っていた。

斗真さんと出会ってから辛いことも悲しいことも経験したけど、それ以上に楽しくてドキドキして幸せな経験もできたと思う。

物が少なくなった自分の部屋を見ていたら、自然と涙が頬を伝っていく。

私は気持ちを切り替えるためにその涙を拭い、部屋の扉を開けた。

ガチャッ――と玄関の扉が開く音が聞こえ、慌ててキャリーケースを部屋に戻す。

今日は遅い日じゃなかったの……？

部屋中の電気がついていて私がいるのはバレているので、一旦部屋の外に出て「おかえりなさい」と斗真さんを出迎えた。

「今日は会食で遅くなるって言ってませんでしたか？」

「相手方が急に来られなくなって別日になった」

「そうだったんですね。夜ご飯は食べてくるものと思っていたので作っていないんですけどどうしますか……？」

「適当に自分でやるからいい」

「分かりました」

私の横を通り過ぎ、スーツから部屋着に着替えるために斗真さんが自分の部屋のドアノブに手をかけたときだった。

「美鈴は上着なんて着て、どこかに出かけるのか？」

斗真さんがそう言って振り返ったので、心臓が止まるかと思った。

こんな時間に上着を着てるのは怪しいよね……。

「アイスが食べたくなったので、コンビニに行ってこようかなと思って」

「……そうか。気をつけろよ」

斗真さんはそう言って自分の部屋に入っていった。

このままではすぐにダイニングテーブルの上にある離婚届に気づかれてしまう。気づかれる前に家を出ていかなくては……。

ガチャッと斗真さんが部屋から出た音がして、次にリビングの扉が開く音がする。

もうダメだ――。

私はキャリーケースとボストンバッグを両手に持って急いで玄関に向かう。

一番歩きやすいスニーカーに足を通し、あとは玄関の扉を開けるだけ……だった。

「美鈴」

少し離れたところから、愛おしく低い声が私の名前を呼ぶ。

……無視して玄関を飛び出すことはできるのに、魔法がかかったかのように体がまったく動かない。

「これはどういうことだ」

振り返ると、スーツ姿のままの斗真さんが一枚の紙を指先でつまんでゆらゆらとさせながらこっちに近づいてきていた。

「離婚届です」

「意味が分かっていて言っているのか?」

「そのままの意味です。私と別れてください」

もうこうなったら心を鬼にして直接話すしかない……。

そうしたいのはやまやまだが、斗真さんの顔だけはどうしても見れない。

「理由はなんだ」

「沙織さんと一緒になったほうが幸せになれると思います」

「なんでそう思う？」

「……斗真さんの会社や峯島財閥を継いでいくことを考えたとしても、私よりも沙織さんと結婚したほうが幸せになれるからです」

「それは美鈴の父親の会社より、あいつの父親の会社のほうが大きくて力になれると考えたからか」

私は斗真さんの足元を見ながらゆっくりとうなずいた。

「俺は会社を大きくするために周りに協力してもらうこともあるが、いつどのタイミングで誰の力を借りるかは自分で決める」

「だからこそ、力があるほうが斗真さんのためになると思うんです」

「それを結婚相手には求めていない」

声の低さで斗真さんの真剣さが伝わってくる。

「だとしても、私は斗真さんの足手まといにはなりたくないんです」

「やっぱりあいつになにか言われたんだろ？」

私は首を何度も横に振る。

ここで揺らいだら意味がない。

「契約を途中で放棄するので、立て替えてくれたお金はちゃんと返します」

「そんなことはどうでもいい。妻として俺のことを支えるって言っていたのはウソだったのか？」

「……いろいろ疲れたんです」

偽りの言葉が口から出ると、胸が締めつけられる。

「なら、俺の目を見て話して」

そんなの無理だよ……。

——斗真さんの顔を見てしまったら涙が止まらなくなるに決まってる。

「本当に別れたいと思っているなら目を見て話せるだろ？」

斗真さんの手が私の顎に触れてきたので逃げるように後ずさりをしたが、反対の手が背中に回り引き寄せられてしまう。

斗真さんの手によって顔を上げることになり視線が交わった瞬間、強引に唇を塞がれた。

「やめ……って……っ」

私は斗真さんの胸を必死に押すけどビクともしない。

唇を食べられるようなキスに、不覚にも吐息が漏れる。

最後にこんなキスをされたら離れがたくなってしまう……。

——好きだと、言葉にしたくてたまらない。

今にも溢れそうな想いを抑えるように斗真さんのシャツをギュッと握った。

少ししてやっと唇は解放され、なぜか視界が歪んで見える。

「泣くほど俺と別れたいか」

斗真さんは私の涙を拭いながら眉を下げて悲しそうに笑う。

そんな斗真さんを見て、胸の奥が誰かに強く鷲《わし》づかみされたように痛くなった。

どうして斗真さんがそんなに悲しそうな表情をするの……？

……私はただ、斗真さんに笑っていてほしいだけなのに。

「俺が出ていくなと言ったら？」

そんなこと言わないくせにそう聞いてくるところが私を試しているみたいで本当にずるい。

なんて思いながらも、心のどこかでは引き止めてほしいと思っている私もずるいのかもしれない。

「もう決めたので、なんと言われても出ていきます」

これ以上斗真さんといたら今度こそ自分の気持ちを伝えてしまいそうで怖い。

「離婚届は斗真さんが記入できたら提出してもらえると助かります。残りの荷物は後日取りに来ますので、そのときにまた連絡します」

斗真さんの腕から抜け出し、私は大きな荷物をふたつ持って玄関の扉を開ける。

「短い間でしたがお世話になりました」

深くお辞儀をして、斗真さんの顔を見ずに扉をゆっくりと閉めた。

まだ肌寒い三月の夜――。

頬に温かい雫がこぼれ落ちていく。

私は大好きな斗真さんの顔を思い浮かべながら――駅までの道を歩いた。

それから実家までどうやって帰ったのかは分からない。

とりあえず実家に着いたら父と直輝が驚いていたのは覚えている。

父たちになんて話すかも考えていなかったので、「たぶん別れることになる……ごめんね」とだけ伝えた。

ふたりはそれ以上聞いてこなくて、ただ温かく「おかえり」と口にした。

それからもふたりは深く詮索せず、私との暮らしを受け入れてくれた。

ときが経ったらいつか話そう……。

斗真さんへの想いがなくなって、心が落ちついたら話せるかもしれない。

それがいつになるかは分からないけど、今は斗真さんを忘れるためにがむしゃらに生きていくしかないんだ――。

あれから斗真さんから連絡はない。

勝手に契約を途中で終わらせて迷惑をかけてしまったので罪悪感がある。全額は難しいかもしれないけど肩代わりしてもらったお金を少しずつ返そうと思っている。

前のようにダブルワークしようと思い、求人票を見る毎日――。

実家に帰ってきてから一週間が経ったころ、日曜日で今日は休みという最高の日。

朝寝坊をして家の掃除や片づけをし、お昼を食べて久しぶりのお昼寝をした。

「んん――……」

両腕を上げて伸びをする。ふと時計を確認すると、時刻は午後三時。

寝たのは一時だったので二時間もお昼寝をしていたのかと自分でも驚きを隠せなかった。

こんなに寝てしまったのにどうして誰も起こしてくれないの？

そう思いながらのどが渇いたので階段を降りると――。

玄関には見覚えのある靴が置いてある。

……斗真さんの靴だ。

忍び足でリビングの扉へ近づいていくと……中から聞こえてきたのは、間違いなく斗真さんの声。

うちになにを話しに来たの……？

気にはなるけど、今はまだ普通の顔で会える精神状態じゃない。

会ってしまったらまた夫婦を演じていたあの生活に戻りたくなってしまう。

そっと扉に耳を近づけて聞き耳を立てる。

「美鈴さんにはいつも助けられています。仕事で忙しいときや上手くいかないときは前向きな意見をくれて妻として私の背中を押してくれました」

……私の話をしてる？

しかも、私をどう思っているのか聞くのが初めてだから、半分パニックだ。

でも、なんのために私を褒めるの……？　別れるのが決定しているのだから今さら私の父にそんなことをする必要はないのに。

「美鈴からはなにも聞いてない。なにがあったんだ？」

斗真さんは沙織さんとのことを父に話し、沙織さんが私に別れを勧めたことも話した。

父は最後まで聞き、「そんなことがあったのか」とつぶやいた。

「確かに私には協力できる材料がないから、元婚約者の女性の話は分からなくもない。桐谷株式会社は大企業だから峯島財閥の支えになれるはずだ」

「そうかもしれません……ですが、父や祖父のように組織をまとめられる人間になるためには、自分の力で会社を大きくするのが大事だと思っているんです」

「じゃあ、斗真くんは元婚約者ではなく美鈴を選んでくれるのか？」

姿が見えないので斗真さんがそこでうなずいたのか首を横に振ったのか分からない。

……自分で離れると決めたのに、うなずいてくれていたら——と思ってしまう自分がいる。

「正直、斗真くんの抱える峯島財閥はあまりにも大きすぎる。美鈴や斗真くんの気持ちだけで済ませられる問題ではないだろう？」

「誰かに反対されたとしても、僕の考えを変えるつもりはありません」

「美鈴とこれからもやっていきたいという考えか？」

「はい。僕にとって、初めて信頼できて心を許せる女性が美鈴さんなんです。今まで人を信じられませんでしたが、美鈴さんと出会って誰かを信じるのも悪くないなと思えるようになりました」

そんな風に思っていたなんて……。

斗真さんのゆっくり話す心地いい声を聞けば、その言葉がウソ偽りないものだと分かる。

「家族思いで、誰に対しても分け隔てなく優しく接する美鈴さんを見ていたら、僕の考え方も変わっていきました」

「……美鈴を本気で好きなんだな」

父の問いに私の心臓が大きな音を立てて鳴る。

「はい、自分でも信じられないくらい好きです」

鮮明に聞こえる斗真さんの真剣な声。

これも演技なんでしょ……といつものようにガッカリする自分を想像していたのに、今回はどうしてもそう思えない。

それは、声だけでも斗真さんの真剣さが伝わってくるからかもしれない。

だって、ただの契約結婚の相手が勝手に家を出ていったとしたら、引き止める必要はない。

なのに、休みの日にこうしてわざわざ家まで来てくれるということは……。

斗真さんは本気で私に好意を抱いてくれているの……？

頭の中が一気にこんがらがってしまい、私は考えを整理するために一旦自分の部屋に向かった。

ベッドでうつ伏せになり、さっきの斗真さんの言葉をひとつずつ思い出す。

斗真さんを好きだとバレたらこの関係が終わると思っていたから、自分の気持ちにふたをしていた。

けど、斗真さんが本当に私を好きだったら……？

両想いなら斗真さんのそばにいてもいいの？

だけど、私がそばにいて斗真さんの役に立つのかな……。

「美鈴、起きてるか」

数分後、父が部屋の前まで来た。

「起きてるよ」

「斗真くんが美鈴と話がしたいって来てくれたぞ。どうする？」

「ごめん。今はひとりで考えたいから会えない」

「分かった。そうやって伝えておくな」

そのあとすぐ、父と斗真さんの話し声と玄関の扉が閉まる音が聞こえた。

会って話したい気持ちもあったけど、斗真さんから離れると簡単に決断したわけじゃないからなかなか会えなかった。

大好きで大切な人だからこそ、私の気持ちを押しつけたくない。

でも、斗真さんが私を必要としてくれているのならその気持ちに応えたいとも思う。

自分でもどうしたいのか分からない……。


その次の日、さらにその次の日も斗真さんは家に来てくれた。

私は数日経っても気持ちがまとまらず、斗真さんには父から会えないと伝えてもらった。

そのタイミングで斗真さんのおばあさんから電話があり、私は病院へ会いに行くことにした。

前回会ったあとすぐに退院できたのだが、また肝臓の数値が悪くなってしまったので入院になってしまった。

以前会いに行ったときに病室にオレンジ色のガーベラの花が飾ってあるのを思い出したので、私は病院に行く前に花屋に寄ってガーベラの小さな花束を買った。

おばあさんにプレゼントすると、すごく喜んでくれたので私まで頬が緩んだ。

「最近は斗真と仲良くやってる？」

心配をかけたくなかったので、「仲良くやってますよ」とウソをついた。

「美鈴さんの顔が見たくて呼んじゃったのよ。忙しいのにごめんなさいね」

「嬉しいです。いつでも時間を作るのでまたすぐ来ますね」

「ありがとうねえ」

おばあさんと他愛のない話を三十分ほどして、私は最後にガーベラの花束を花瓶に入れてから病室を後にした。


それから何日かあとに有休を消化するために平日休みをとったので、再びひとりで病院に向かった。

受付に行くと、看護師さんの表情が少し硬いことに気づく。

「実は、夕べからあまり体調がよくないんです」

この前まであんなに元気そうだったのに。

私は速足で病室へ向かう。

「……美鈴？」

後ろから名前を呼ばれたので振り返ると、そこにはスーツ姿の斗真さんが立っていた。

「どうしてここにいる？」

数日前にもおばあさんに会いたいと言われたから会いに来たと話そうか迷った。けど、私から離れると決めて家を出たのだから、会いに行ったことをわざわざ私から話さなくてもいいよね。

「たまたま病院の近くを通ったので、おばあさんに会いに来たんです」

「……そうか。じゃあ、連絡を受けて来たわけじゃないんだな」

「斗真さんは病院から連絡が来たから病院に？」

「ああ。容態が急変したって聞いて、仕事の途中で抜け出してきた」

斗真さんに連絡が行くくらいだから、よほど体調がよくないのかもしれない。

「というか、久しぶりだな。元気だったか」

「なんとか……。斗真さんも元気でしたか……？」

私たちは肩を並べて病室までの道を歩く。

つい最近まで外では夫婦らしく振舞っていたのがウソのように、ふたりの間には気まずい空気が流れている。

「元気だと言いたいところだが、元気じゃない」

「体調を崩されたんですか？」

「疲れが取れない……美鈴がいないから」

私は思わずその場で足を止める。足を止めた私に気づいた斗真さんも一歩先で足を止めて振り返った。

「今までどれだけ美鈴の優しさに甘えていたか思い知らされた」

「そんなことないですよ」

「もう俺にとっては家に美鈴がいるのが当たり前なんだ」

心臓がギュッと苦しくなる。

いっそのこと出会ったころのように冷たくしてくれれば斗真さんへの気持ちがなくなるかもしれないのに……。

「病室つきましたね」

ずるい私は斗真さんの言葉になにも返さず、ただ目の前のことを口にする。

斗真さんも私の気持ちが整理できていないと知っているから、それ以上は話してこなかった。

「おばあさんには、私が出ていったことを話してなくて……」

「余計な心配をかけるからそれでいい」

斗真さんの意見も一致したので、私たちは仲の良い夫婦を久しぶりに演じることにした。

病室に入ると、呼吸を荒くして息苦しそうな姿のおばあさんがいた。

だけど、意識ははっきりしていて私たちが入ると、目を大きく開けて「今日はふたりで来てくれたのね」と小さく笑った。

「ちょっと夕べ咳が出て呼吸がしづらくなっただけなのよ。なのに看護師さんが大げさに心配するからね……」

「大げさなほうが俺たちからしたら安心だよ。なにかあってからじゃ遅いんだから」

「そうなのかしらね……」

おばあさんは少しなら話せるというので、無理をしない程度話したら帰ると伝える。

結局、演技だとしても斗真さんとの会話が弾むとそれは演技ではなくなっていくのが分かって、それがさらに私の心を苦しめた。

斗真さんの笑顔や落ちついて話す声のトーンが特に好きで。

となりに座って同じ空間にいるだけなのに、もっとこの時間が続けばいいのにと思ってしまう。

十分ほど和やかに話したあと——病室の扉を誰かが叩いた。

斗真さんが立ちあがって「どちらさまですか」と言いながら扉を開けると……沙織

さんが立っていた。

「こんにちは。おばあさまの容態が心配で来ちゃいました」

「父親から聞いたのか」

「はい。斗真さんもお仕事を途中で抜けてまで来たと聞いたので、私になにかできるならお力になりたいと思ったんです」

情報が入るスピードがすごい……。これが大企業の娘の力なのかな。

私と沙織さんの目が合い、その瞬間沙織さんの表情が一変した。

口元は笑っているが瞳孔《どうこう》を一切動かさないので、確実に私への嫌悪感で溢れている。

すぐに目を逸らした沙織さんはベッドで横になるおばあさんを見て、「大丈夫ですか……?」と駆け寄った。

「沙織です。覚えてますか?」

沙織さんの問いに、「覚えているわよ」とおばあさんが微笑む。

「お久しぶりです。一緒に買い物に行ったあのころが懐かしいですね」

「前に行ったわね」

「食事にも何回か行きましたよね。元気になられたら、また一緒に美味しいものを食べに行きましょう?」

「ええ、そうね」

元婚約者なのだから、おばあさんと仲が良いのも納得できる。

そのころは元気で入院はしていなかったのだろうか。

私が初めて会ったときは病院に入院していたので、残念ながら一緒に出かける経験はしていない。

「そういえば、このガーベラの花は誰が持ってきてくれたのかしら」

おばあさんは窓際に置いてある花瓶に入ったガーベラの花を見つめる。

何日か前に私が持ってきたけど、もしかして忘れてしまったのかな……。

「わた……」

「このお花は私が持ってきたんです」

私が持ってきました、と言おうとしたら沙織さんに遮られてしまった。

「まあ、沙織さんだったのね。よく私がガーベラを好きだって知ってたわね」

「前に話してたじゃないですか。好きな花を眺めていると心が癒されますよね」

私がここで真実を話したら、沙織さんがなぜウソをついたのかという話になりおばあさんを困らせてしまうかもしれない。

体調がよくないのに余計なことを考えさせたくない。私は訂正せずにふたりの会話を黙って聞いていた。

「じゃあ、私はそろそろ帰りますね」

沙織さんがずっとひとりでおばあさんと話しているので、私は腰を上げた。

「もう帰ってしまうんですか？　斗真さんと久しぶりに会えたのだからもう少しお話ししていけばいいのに」

沙織さんは私にだけ見える角度でニヤッと笑う。

「久しぶりに会えたとはどういうこと？　一緒に住んでるのよね？」

沙織さんの言葉を聞いたおばあさんは私と斗真さんを交互に見る。

心配をかけさせないために家を出ていったのは内緒にしていたのに……さすがにもう隠せない。

「あら？　おばあさまに話していなかったんですか？　美鈴さんは斗真さんと別れるつもりで家を出ていったんですよ」

「ね？」と私に同調を求める沙織さん。

沙織さんはどうして知っているの？

出ていたのは最近なのに……。

「どうして？　この前は仲よくやってるって言ってたじゃないの。さっきも仲良さそうに話してたわよね？」

「峯島財閥の後継者になるかもしれない斗真さんの妻でいるのが重荷になったみたいですよ」

「……まあ、美鈴さんそうなの？」

百パーセントウソではないから、否定もできない。

「やっぱり育った環境は大事なのかもしれませんね。家柄があまりよくないのに峯島財閥のような家に嫁ぐと大きなギャップが生まれるのかもしれませんね」

沙織さんは「その点、私だったら峯島財閥ほどの力はありませんが一応父が大企業の社長なのでギャップはそこまで感じないですよ」と続ける。

「美鈴さんが大変な思いをしているなら仕方ないけど、私はふたりが離れたら寂しいわ」

「私は斗真さんと結婚するとなったら、しっかりと覚悟を決めます。生半可な気持ちでは絶対に結婚しません」

このまま私が黙っていれば斗真さんと沙織さんが上手くいく流れになるかもしれない。

だけど、沙織さんの言葉を聞いていたら……さすがに静観は難しくなってきた。

私だって、本気で斗真さんと向き合ってきたつもりだ。

「私も生半可な気持ちで斗真さんとの結婚を決めたわけではありません」

私が突然口を開いたので、沙織さんと斗真さんは驚いた顔で私を見てきた。

「斗真さんは不器用で人を信じるのを恐れていて、それを少しでもいい方向に変えたいと思ってきました。今でも全力で支えたい気持ちはあります」

自分から出ていったのに今さらこんな話をしても呆れられるだけなのは分かっている。

意見をコロコロと変えるなんてみっともないと分かっている。

……だけど、こんなに誰かを好きになったのが初めてだから仕方がない。

どうやって自分の気持ちを抑えるのか、冷静になれるのかまったく知らない。

「斗真さんに離婚届を突きつけたのに、今さらどうしてそんな勝手なことが言えるの？」

「……迷惑に思われても、勝手だと思われてもいいです。沙織さんの言葉を聞いて、自分の気持ちをぶつけようと思ったんです」

「……斗真さんや会社の未来を考えたときに、あなたはどうやって支えられると思っているの？　自分の立場をよく考えたほうが……」

沙織さんの言葉を最後まで聞かずに済んだ理由は——斗真さんが「もうやめろ」と口を開いたからだった。

「今、ここでする話じゃない」

「でも、斗真さんの将来のことなんだからおばあさまにちゃんと聞いてもらったほうがいいと思うの」

「沙織さん、いいかしら」

反論する沙織さんにおばあさんが穏やかな声で話しかける。

「試すようなことをしてごめんなさい、美鈴さんがこの前と今日では様子が違うから沙織さんとなにかあったのかと思ってかまをかけたのよ」

「どういうことですか……？」

「ガーベラを持ってきてくれたのは美鈴さんよ。以前私のお部屋にガーベラがあるのを覚えていてくれて、持ってきたのよね」

おばあさんはガーベラを私が持ってきたと知ってくれていたんだ。

しかも、顔に出さないように気をつけていたはずなのに、気分が落ち込んでいるのもバレていたみたい。

おばあさんはなんでもお見通しなのかも……。

沙織さんは返す言葉が見つからないのか、黙ったまま。

「それとね、斗真には自分の人生は自分で決めなきゃいけないと教えてきたのよ。だから、斗真が選んだ道なら私は応援するわ」

「険しい道だとしても？」

「ええ、関係ないわ。自分の考えを聞いてほしくなる気持ちも分かるけど、それを人に押しつけてはいけない」

さっきまで饒舌だった沙織さんは静かになりうつむいた。

「実はね、あなたと斗真は元々合わないと思っていたの。美鈴さんを連れてきたときに、この人となら斗真は幸せになれると確信したわ」

沙織さんはおばあさんの言葉に返事をせず下唇を噛んでいた。

「思ったよりも元気そうでよかった。あとで父さんも来るって」

斗真さんがタイミングを見計らって口を開くと、「そうなのね、分かったわ」とおばあさんが答えた。

「また今度ちゃんと話しに来るよ」

「ええ、待ってるわね」

あまり長居もできないので、私と斗真さんと沙織さんは病室を後にした。

廊下では沙織さんは斗真さんのとなりを歩き、私はふたりの後ろを歩く。

「どうしてガーベラの花を持ってきたとウソをついた?」

「……ウソじゃないですよ」

斗真さんの問いにまだウソをつき続ける沙織さん。

「自分が気にいられるためにウソをついて相手を下げて、それで自分が選ばれて嬉しいのか?」

「斗真さんと結婚できるなら嬉しいです。どうしてこの人じゃないとダメなんですか?」

「美鈴は俺が幸せになるためなら自分は傷ついてもいいと言う……そういう人なんだ。自分よりも相手の幸せを願うのは簡単じゃない」

「私だって斗真さんのお仕事が上手くいってほしいから、父にいろいろ頼んだんですよ」

「その件だけど、もう桐谷社長とは話した」

「えっ!? 協力してもらうんですか!?」

「娘と結婚してくれないなら協力はしないと言われたから、今回の話はなしになった」

沙織さんが声を震わせながら「それってつまり、私とは絶対に結婚しないということですよね？」と聞くと、斗真さんは「しない」と言い切る。

沙織さんは「信じられないので父に確認します」と言ってメールを送る。

「なんだって？」

「……今回の斗真さんとの話はなくなったって言ってました」

「そういうことだから。もう諦めてくれ」

沙織さんはなにも言わないままただうつむいている。

斗真さんを本気で好きだからこそ、〝諦める〟という選択をすぐにできないのは私もよく分かる。

「これから先も美鈴に嫌がらせを続けるようだったら、こっちもそれ相応の対応をする」

私から沙織さんが見えないように間に立つ斗真さん。

沙織さんにされたことを一言も話していないけど、斗真さんはお見通しのようだった。

「もう二度と俺たちの前に現れないでくれ」

突き放すような斗真さんの言葉に、沙織さんは「すみませんでした」と頭を下げる。

「斗真さんよりもかっこいい人と結婚してみせますから」

「ああ」

最後は少し吹っ切れたのか、沙織さんはすがすがしい表情のままその場から去っていった――。

病院の広いロビーに着いた私たちは、なにを話せばいいか分からずお互いに話を始めるのか様子を見ていた。

「ふたりで話そう」

沈黙を破ったのは斗真さんだった。

「このあと仕事があるから会社でもいいか」

「もちろん大丈夫です」

家出した身で家に行くのは気が引けるなあと思っていたので、場所が会社になってちょうどよかった。

斗真さんの車に久しぶりに乗り込み、私たちは会社へと向かった。

病院から会社までは十五分ほどで到着して、さっそく社長室へ。

私が先にソファに座ると、斗真さんがとなりに座ってきた。

病院でも同じくらいの距離で座っていたのに、どうして今は鼓動が速くなるんだろう……。

「……沙織のこと、悪かった」

「なんで斗真さんが謝るんですか？　私と沙織さんの問題なので気にしないでください」

「社長室で沙織とふたりきりで話していたとき、榎本が部屋の外から話を全部聞いていたって」

「そうだったんですね……」

「嫌な思いをしたよな」

好きになってからずっと……斗真さんを好きだという気持ちを抑えてきた。

それは斗真さんとの関係が終わってしまうかもしれなかったから。

だけど、もう離婚を申し出ている今――失うものはない。

今なら素直になれる気がする。

「斗真さんに謝らなければならないことがあります」

「なんだ」

「ごめんなさい、約束を守れませんでした……」

「どういうことだ？」

「斗真さんを好きになってしまったんです」

もしかしたら、斗真さんに伝えず私の心の奥底に眠っていたかもしれない気持ち。それをついに口にしてしまった。

膝の上で握る両手が小さく震えるのが分かる。

「恋愛感情を持つなと言われたのも、斗真さんが誰も好きにならないと言っていたのも覚えています」

好きになってはいけない人だと分かっていたはずだった。

「冷たいようで、本当は優しいところ。私が不安を感じて緊張していると安心させようとしてくれるところ。仕事熱心で夢中になりすぎて睡眠時間を削っちゃうところ」

「ちゃんと見てくれていたんだな」

「私が作ったお菓子をすぐに食べきっちゃうところ。そして……嫉妬深いところ」

気がついたら斗真さんの全部を好きになっていた。

「斗真さんのいろんなところを知るたびに、どんどん惹かれていきました」

抑えれば抑えるほど気持ちは大きくなっていき、諦めるのを諦めた。

そのくらい、私の中で斗真さんという存在が大きくなっていた。

「最初に好きにならないと約束をしたのに破ってしまってすみません。なので、この契約結婚はやっぱり……」

言葉を最後まで言えなかったのは、斗真さんが唇を塞いできたから。

一瞬触れただけですぐに離れる唇。斗真さんの透き通る瞳に目を丸くした私が映っている。

「人が嫌いな俺がどうして美鈴にはこんなに優しくすると思ってた？」

「……一応、後継者争いの条件でもある跡継ぎを早く儲けるため、じゃないんですか？」

「まさか本気でそう思ってたのか？」

「……はい」

「好きだからに決まってるだろ」

え……？

今の聞き間違いじゃない……？　斗真さんの口から出るとは思えない単語が飛び出してきた。

「好きって言いました……？」

「ああ、俺も美鈴のことが好きだ」

本当に神様がいるのなら、どうかあなたの力で鼓動の速さをゆっくりにしてください。

人は一生のうちの鼓動の回数が決まっているとなにかで聞いた。

もしそれが本当だとしたら、今だけで一生分の鼓動の回数を稼いでしまう気がする。

「人を信じて誰にでも優しくできる、そのまっすぐな性格に気づけば惹かれていた」

斗真さんは私の目をまっすぐと見つめ——優しい口調で話してくれた。

「俺は今まで人を疑って生きてきたけど、美鈴のおかげで人を信じるのも悪くないと思えたし、周りの人の幸せを考える大切さを学んだ」

「私はなにもしてないですよ」

「今まで誰かをもっと知りたいと思ったことなんてなかったけど、美鈴のことはもっと知りたいし、たくさん笑顔にしたい」

この前父と話しているところをこっそり聞いたけど、改めて顔を見ながら言われるとこれは現実なんだと実感する。

好きな人が自分を好きな世界がこんなにも幸せだと知らなかった。

私の目からはゆっくりと涙がこぼれ落ちる。

「泣くなよ」

斗真さんの指が雫を拾い、そのまま私は強く抱きしめられた。

「お互い知らずに惹かれあってたんだな」

「……斗真さんは、いつからですか……？」

「この日からっていうのはなかったけど……」と、斗真さんは前置きをする。

「美鈴の健気に妻としての役割を果たそうとしてくれるところを見て惹かれていって、祖母を助けてくれた女の子だと知って確信に変わった」

「おばあさんを助けたときですか？」

「ああ。ヒーローのような女の子に会いたいと思ってた」

斗真さんは体を少しだけ離して私の手をそっと握る。斗真さんの体温が低くてひんやりしていて気持ちがいい。

「あのときは祖母を助けてくれてありがとう。それと、こうして出会ってくれてありがとう」

「どういたしまして……っ」

十何年前のできごとで、ただ目の前で困っている人がいたから手を貸しただけだ。いいことをしていると必ず自分にもいいことがあると言うけど、本当にそうかもしれない。

今の私は誰よりも幸せで——目の前にいるこの人のそばで生きていきたいと思う。

素直にそう思えるのがどれだけ幸せなのか身にしみて感じる。

「涙がどんどん溢れてくるな」

「止めようと、してるんですけど……っ、斗真さんが私を好きになってくれたのが嬉しくて……っ」

「ほんと、かわいいな」

無意識に言ってしまったのか、斗真さんはボソッとつぶやく。

私は思わず「えっ?」と声を漏らしながら、斗真さんを凝視する。

「美鈴の泣き顔はもっと見ていたくなる」

「それって、いい意味ですか……っ?」

「褒め言葉だから。けど、俺以外の前では泣くなよ」

「……分かりました。斗真さんの前でしか泣きません」

あれだけ人を信じることは大切なことだと熱弁しておいて、それを言った帳本人の私が斗真さんを心の底から信用していなかった。

もっと甘えたり頼ったりしていい。

斗真さんはどんな私でも受け入れてくれそうな気がする。

——それからというものの、斗真さんはなかなか私を離してくれなかった。

甘い攻撃が終わりを告げたのは、榎本さんの「社長、そろそろ会議が始まります」という一言。

唇を食べられてしまうのではないかと思うほど激しいキスをされたので、私はとりあえず乱れた呼吸を深呼吸して落ちつかせた。

「実家に帰るのか？」

斗真さんの眉が若干下がり、名残惜しそう。

そんな顔をされたら帰りたくなくなってしまう……。

本音としては、せっかく両想いになれた夢心地のまま斗真さんの家で斗真さんの帰りを待ちたいけど……現実はそうはいかない。

本当の課題が残っているから、そっちを解決しなければいけない。

「今日は一旦実家に帰ります。父と直輝にもちゃんと説明しないといけないので」

「分かった。いろいろ決まったら連絡して」

斗真さんがそう言ってくれたので、私はひとりで実家へと帰った。

斗真さんと両想いになれて一晩が明けた。

今日は土曜日で父も仕事が休みなので、沙織さんのことをすべて話す。

「なら、その問題は解決したんだろ？　今すぐに斗真くんと一緒に住めばいいじゃないか」

「でもね、もうひとつだけ心配なことがあるの」

「柳か？」

「うん……」

「それは心配するな。美鈴たちには迷惑がからないようになにか解決できる方法がないか探してるから」

「でも、そうするとお父さんが大変になっちゃうんじゃ……」

「俺も一緒に頑張るよ」

私の言葉に被せて口を開いたのは直輝。ちょうどお風呂から出てきたようだ。

「直輝がいてくれるなら安心できるよ」

「俺にも頼ってね」

いつまでも幼いと思っていたけど、私の知らないうちに直輝も成長していたんだ。

「美鈴は自分の幸せのために気にせず今を生きなさい」

「お父さんありがとう……っ」

「いつも人の幸せを願うところが美鈴のいいところだけど、私は自分の幸せとも向き合ってほしいと思ってる」

「斗真さんという素敵な旦那さんがいるんだから、信じて一緒に歩みなさい」

父が腕を広げたので、私はその胸に飛び込む。

父の言うとおりに今は自分を優先した道を進んでもいいのかなと思える。

家では斗真さんが待ってくれている。

私は荷物をカバンとキャリーに詰めて次の日に実家を出た。

日曜日で斗真さんも仕事が休みだったので、実家まで斗真さんが車で迎えに来てくれた。

車を降りて早々謝る斗真さんに、父は「頭をあげてくれ」と言う。

「夫婦というものはお互いに寄り添っていかなければいけない。ときには頼り、ときには支え……それを繰り返していけば信頼関係が生まれると思うんだ」

父は最後に「ふたりで頑張りなさい」と言って私たちを送り出してくれた。

斗真さんの家に到着し、まずは荷物を自分の部屋に置く。

出ていったままの状態で、斗真さんが私がいつでも帰ってきていいようにしてくれてたのかもしれないと思うと胸が苦しくなった。

荷物をある程度片づけてリビングに行くと、山積みになった洗濯物が目に入った。

後ろからガチャッと扉が開く音がしたので振り返ると、そこには斗真さんがいた。

「畳み終わったのを運ぶのがめんどくさくてそうなってるけど、一応洗濯はしている」

なにも言ってないのに言い訳のようにそう口にする斗真さん。

恥ずかしいのか目を合わせようとしない斗真さんが新鮮で、ついかわいくて「ふふっ」と笑ってしまった。

「勝手に出ていってすみませんでした」

「少し話そうか」

私たちはソファで横に並んで座った。

「あの、聞きたいんですけど……」

「なんだ？」

「離婚届って……」

感情に任せて記入して置いていった離婚届。斗真さんが書いてしまえば提出できるようになっていた。

あのときは離婚する覚悟だったから置いていったけど、気持ちが変わった今その行方がすごく気になる……。

「あー……」と言って、斗真さんは引き出しの中から一枚の紙を取り出してきた。

それは、私の名前だけが記入された離婚届だった。

「もう必要ないな」

斗真さんはそう言って離婚届を目の前で破り捨てる。

「出してなかったんですね……」

「一方的に言われただけで、俺は離婚したくなかったからな」

斗真さんの本音を聞いて、こんなときなのに心臓が跳ね上がってしまう。

私が出ていったあとも私を好きでいてくれたことがどれだけありがたいことか。

「でも、話を聞いて本気で美鈴が俺と離れたいって言うなら離婚するつもりだった」

「そうなんですか……？」

「病院で美鈴と会ったときに、俺と離れたいと思っているのは本心じゃないなと感じたんだ」

　上手く隠しているつもりだったけど……どうやら斗真さんには見抜かれていたみたい。

　斗真さんは私のことを信じて静かに待ってくれていた。それが愛じゃなきゃなんだと言うのだろう。

私も斗真さんのことが大好き。全身で愛を伝えても足りないくらい大好きだ。

——だからこそ、意を決してあのことについて話す。

「実は……」

私は、斗真さんに柳さんのことを話した。斗真さんは眉間にしわを寄せながらも真剣に最後まで無言で聞いてくれた。

「つまり、そいつのせいで俺に迷惑がかかると思ったのもあって離婚をしようと思ったのか？」

「はい。沙織さんがきっかけではありますけど、さすがに斗真さんの家族にまで迷惑がかかってしまうのは申し訳なくて」

「金を貸さないなら、借金を背負っていた過去とその借金を俺が肩代わりしたことをバラすって言っているんだな？」

私がうなずくと、斗真さんはソファの背もたれに寄りかかり深く座ると、腕を組んでなにかを考える素振りを見せた。

「そいつに俺から話す」

「それはダメです！　斗真さんに迷惑はかけられないから……」

「信じていたら普通は頼るんじゃないのか？」

ぐうの音も出ないことを言われてしまい言葉に詰まる。

「家族なんだから困っていたら助けるのが当たり前だろ」

「そうですけど……」

斗真さんに話した理由は、とりあえず私が家を出ていく決意をした経緯を知ってほしかったからであって、この件を解決してもらおうとしたわけではない。

……とは言いつつ、斗真さんだったら助けてくれるかもしれないという思いがなかったわけではない。

甘えてないようで斗真さんには密かに甘えている気がする。

それは、斗真さんが広い心でいつも受け入れてくれるからだ。

「逆に俺が困っていたら美鈴は助けてくれないのか」

「もちろん助けます！　全力で！」

「全力でって……」

声を張り上げる私を見て声を出して笑う斗真さん。

「美鈴が俺を助けたいと思う気持ちと同じで、俺も美鈴が困っているなら助けたい」

あまりにもまっすぐな目で言うから――私は、降参した。

斗真さんから聞いた作戦としては、話して解決できるか分からないが、まずは直接会って交渉してみるという。

柳さんの電話番号は昔と変わってしまったらしく、今の電話番号は父も知らないようだ。

そのため、斗真さんは榎本さんに頼んで調べてもらい、すぐに柳さんの電話番号が分かった。

いったいどんな経路を使ったのか分からないが、そこにはあえて触れないでおく。

しかし、柳さんが電話に出ることはなかった。


それから一週間が過ぎたある日――。

斗真さんの実家、峯島家に柳さんが押しかけたとの情報が耳に入った。

斗真さんの実家には斗真さんのおじいさんとお父さんと蓮さんが暮らしている。

都心の高級住宅街の中にあり、広大な敷地と庭、車のガレージなどすべてが破格な一軒家。

まさか、そこに乗り込むなんて――。

仕事で会社にいた斗真さんと合流して急いで峯島家へと向かった。

大きな玄関ではスーツを着た男性が柳さんとなにやら話をしていた。

斗真さんはその人が斗真さんのお父さんの秘書だと教えてくれた。

「あなたのところの息子と結婚した美鈴ちゃんと知り合いなんだって言ってるだろ？　赤の他人じゃないんだから貸してくれたっていいだろう」

「なにをしているんですか？」

後ろから斗真さんが現れると、秘書の顔からは安堵《あんど》した気持ちが伝わってきた。

柳さんは振り返り、斗真さんの次に私を見た瞬間――。

「美鈴ちゃんからも頼んでくれよ！　な⁉」

と言って手を伸ばしながら近づいてきた。

私は恐怖から思わず目を強くつぶったが、気配を感じなくなったので恐る恐る目を開ける。

すると、私の前に斗真さんが立ってくれたおかげで、視界から柳さんが消えた。

「妻からすべて聞きました。この意味が分かりますよね？」

「おうおう、なんだ？　証拠はあるのか？　現に借金を背負っていたのはその子の父親だろうが」

「あなたは反論する立場にいませんよね？」

「あのなあ、これ以上迷惑かけてほしくなかったらさっさと金くらい貸せよ！　こんなでかい家に住んで金なら有り余ってるだろ⁉」

そのタイミングで、秘書の人が後ろを向いてなにやら誰かと話し始めた。

嫌な予感がした瞬間、秘書の人が「社長……！」と声を荒げる。

外に出さないようにする手を押しのけて中から出てきたのは斗真さんのお父さんだった。

「斗真に美鈴さんじゃないか。どうしたんだ」

私はひとまず「お久しぶりです」とあいさつをする。

斗真さんのお父さんにこの状況を見られるのは非常にまずい。でも、柳さんが大人しく帰るはずがない。

だからといってここにきてウソをつくのは違う気がする……。

「すみません、私からお話ししたいことがあるんです」

「おう、なんだ？」

私は唾《つば》を飲み込む。

一億円の借金を抱えていたこと、斗真さんがその借金を肩代わりしてくれたこともすべて話した。

一億円の借金を背負った理由もここにいる柳さんが父を騙したからだと話すと、柳さんはごまかすように「ハハハハハ！」と大きな声で笑った。

「俺が騙したかどうかなんてどうでもいいだろ。この子の父親の借金を息子さんが背負った。つまり、この家族に金づるにされてるんですよ！　俺はそれを教えに来たんです！」

「あなたが柳さん？」

「ああ、そうだけど？」

「あなたはそれを教えに来ただけですか？」

「だから、この金づる親子のことを忠告しに来たんです。それで、もしその話を外に漏らされたくなかったら……ねえ？　なにで解決すればいいか分かりますよね？」

「お金ですか」

「あー、さすが社長さんは話が早い！　そうです。ちょっとでいいのでくれたらこの口を閉じてますよ」

借金のことを知られただけではなく、この柳さんと知り合いだと知られたのがすごく不安になってしまう。

誰もが知る三大財閥のひとつの峯島財閥の社長を務める人に向かってお金をねだるなんて最低の一言では終わらせられない。

「いいですよ」

そう発したのは斗真さん。

予想だにしない言葉に、この場にいる全員が目を丸くした。

「話してくれて大丈夫です。だけど、個人間で解決している話なのに外部に漏らすという行為は個人情報保護法に引っかかる可能性がありますね」

「証拠があるのかよ」

「あと、騙して借金を背負わせた経緯があるのでそっちは詐欺罪の可能性が大いにあります」

「……俺を脅そうとしてるのか？」

「脅しているつもりはないです。ただ事実を話しているんです。外部に話されたとしても、俺は美鈴と別れるつもりはありませんから」

「訴えられるものなら訴えてみろ！」

「この数年間はきちんと税金を納めていないですよね？　脱税の疑いで税務署が動いていると聞きましたよ」

柳さんは「なんだと……？」と一瞬うろたえる。

「僕の有能な秘書が調べたので正確な情報だと思います」

さっきまで饒舌だった柳さんは急に黙り込む。

「二度と美鈴の家族にも私の家族にも関わらないと約束ができるなら、あなたの犯した罪はなかったことにしてあげてもいい」

「……っ」

「だが、今後その姿を見せたらただじゃおかない。それだけは覚えておいてください」

「分かった分かった！　もうめんどくさいからいなくなってやるよ！」

柳さんは捨て台詞を残し、とぼとぼと歩いてその場を去っていった。

「もうこれで関わってこないだろう」

「ありがとうございます……っ」

機転が利く斗真さんらしい解決方法で、改めて尊敬する気持ちが強くなった。

「父さん、さっきの話だけど」

「俺はなにも気にしてない」

きっと借金の話をしようとしてたんだと思う。

あまりにも額が多いし、もしかしたら別れるよう言われるかもしれないと思っていたけど……斗真さんのお父さんの顔は穏やかだった。

「美鈴さんがどういう人間なのかというのが大事であって、周りの人間や環境は関係ない。斗真が心から信用できてそばにいたいと思う相手ならそれでいい」

「借金を肩代わりしたことも……」

「自分で稼いだお金だろ。くだらないことに使うよりも好きな人のために使ったならいいんじゃないか？」

私と斗真さんは「ありがとうございます」と同時に頭を下げた。

たまたまタイミングがあったので、お互いに顔を見合わせて思わず頬が緩んでしまった。

「そうやって誰かと笑いあっている斗真を久しぶりに見た気がする。これからも斗真をよろしくな」

「こちらこそよろしくお願いします」


それから三日後――。

斗真さんのおじいさんから電話で急だけど後継者のお披露目会をすると言われた。

ついに後継者を誰にするか決まったらしい……。

最近蓮さんの状況を知らないからなんとも言えない。

斗真さんの都市開発もやっと桐谷株式会社ではない他の住宅会社と提携できたが、

まだそこから話が進んでいない。

なので、斗真さんのおじいさんの口から名前を聞くまでは安心できない……。

当の本人の斗真さんはというと、緊張する様子もなくいつも通り。

後継者お披露目会を翌日に控えた今日も、いつもと変わらず私の手料理を美味しそうに食べる。

「ついに明日後継者が決まるんですよ？　緊張しないんですか？」

「そろそろ来るなと思っていたから、やっと来たかって感じ」

「もし、後継者に選ばれなかったらどうなるんですか……？」

ふと疑問に思った。

後継者になったら峯島財閥を継ぐのは分かっているけど、もし選ばれなかったときはどうなるのか知らない。

「峯島財閥を追い出されるわけではなく、峯島財閥を継ぐことができなくなるだけだ。傘下やそれ以外の会社で働くことになる」

「じゃあ、斗真さんは今の自分の会社を続けられるんですか？」

「続けられるよ」

斗真さんは〝継げなくなるだけ〟と簡単に話すけど、巨大な組織である峯島財閥を継ぐということがどれだけ誇りになり、生きていく道しるべになるのか——斗真さんの声のトーンで分かる。

きっと物心がついたときから峯島財閥の跡取り候補として生きてきて、楽なことよりも辛く大変なことのほうが多かったのではないかと想像する。

私がその辛さをどれだけ想像しても、完全に理解するのは難しいのかもしれない。それでも、斗真さんが望む跡取りへの道があと少しなのだとしたら——私は斗真さんを信じて背中を押してあげなきゃいけない。

「斗真さんなら大丈夫です。私が好きになった人ですから」

「ああ。明日も妻として頼む」

「任せてください！」

【契約結婚から始まった真実の愛】

そしてついに後継者お披露目会当日になった――。

結婚披露パーティーや都市開発報告会のときよりも何倍も広い会場で、何千人と入れるホールを貸し切って行われる。

特に私はなにもしないのに、斗真さんよりも私のほうが緊張している。

後継者候補の斗真さんと蓮さんは今日の主役なので、さっそく控室から舞台袖に移動してそこで待機している。

私も斗真さんと舞台袖で待機した。

少し早めに到着したので、まだ司会者と舞台のスタッフたち数人しかいない。

榎本さんの話によると、斗真さんのおじいさんとお父さんがそろそろ到着するらしい。

「斗真さん……一回だけ手を握ってもらってもいいですか？」

「どうした。具合が悪いのか？」

イスが数個置かれていたので、私たちはそこに座る。

「体調はいいはずなんですけど、緊張で昨日の夜は全然眠れなくて……」

「俺のために緊張してくれているのか。かわいいな」

斗真さんは小さく微笑みながら片手をギュッと握ってくれる。

「か、かわいい……っ？　べつにそんなつもりじゃありません！」

斗真さんは「ふーん」と、私に顔を近づけてくる。

「なんですか……？」

「かわいい顔をもっと近くで見たくて」

絶対に斗真さんは私の反応を見ておもしろがっている。

「見るだけなら離れてください」

「じゃあ、キスする？」

「え……？」

斗真さんが顔を近づけてくるので、私は斗真さんの胸を押すも力では敵いそうになくて斗真さんがどんどん近くなってくる。

あと数ミリで唇が重なる――そのときだった。

「斗真さん、蓮さんがいらっしゃいました」

榎本さんの声に反応した斗真さんは私から離れる。榎本さんのおかげでなんとか危機を回避した。

両想いだと分かってから、斗真さんの糖度がさらに増したように思う。

そのあとすぐに黒のスーツをかっこよく着こなした蓮さんが来て、その一歩後ろにシンプルな紺色のドレスを着た女性がいるのが見えた。

「初めまして、蓮さんと婚約中の由紀《ゆき》と申します。今日はよろしくお願いします」

「初めまして。蓮の兄の斗真と妻の美鈴です」

女性が頭を下げたので、私と斗真さんはその場で立ち上がり頭を下げた。

「婚約していたんですね。おめでとうございます」

「二週間前に婚約したばかりなんだ。よろしくお願いします」

蓮さんと由紀さんは私たちの後ろに座り、他愛もない話をし始めた。

まさか蓮さんも婚約者を見つけてくるなんて……。これで仕事が順調だったら本格的にどっちが選ばれるか分からないよ……。

数分後に斗真さんのお父さんとおじいさんが来た。

スタッフの人たちと軽く打ち合わせをしたあとすぐにお披露目会が開催された。

一番初めに舞台の上で斗真さんのお父さんが話をし、その次におじいさんが話を始める。

そして、そのまま後継者になる人の名前を読み上げる瞬間が来た――。

手のひらに汗をかき始め、動悸が激しくなる。

高校や大学の合格発表を思い出す。

あのときは、これと同じ緊張と不安を感じることはないだろうと思っていたけど……お腹が痛くなってくるほど、あのときと変わらない緊張と不安を感じている。

「美鈴、深呼吸しろ。結果はどうなっても俺たちはなにも変わらないから不安にならなくていい」

「……分かりました」

斗真さんはそっと私の肩に触れて自分のほうに引き寄せる。

私は言われたとおりにゆっくりと深呼吸をして気持ちを落ちつかせた。

「斗真と蓮のふたりは跡取り候補としてこの数年すごく頑張ってくれました」

マイクの前に立つおじいさんが沈黙を破った。

舞台は真っ暗でおじいさんだけが照明に照らされている。

「ふたりからは峯島財閥を継ぐ思いを同じくらい強く感じ、どちらかを選ぶのは大変心苦しかったです」

それだけ斗真さんも蓮さんも跡取りに選ばれるために真剣に取り組んでいたという

ことだよね。

「では、発表していただきます……！」

司会者がそう口にすると、会場が一段と静かになる。

おじいさんが軽く咳払いをし「峯島財閥の跡を継ぐのは……」と口を開いた。

「……斗真、よろしく頼んだぞ」

その声とともに会場全体から歓声が聞こえ、おじいさんは舞台袖で待機する斗真さんのほうを見てきた。

え……？　斗真さんの名前が呼ばれた……？

夢じゃないよね……？

「兄さん、おめでとう」

「ありがと。蓮もお疲れさま」

蓮さんと斗真さんは立ち上がってお互いを称えあうように抱きあった。

ライバルではあったけど、この瞬間兄弟の絆が見えた気がした。

プレッシャーや辛い思いはふたりにしか分からないからこそ、こうして結果が出ても称えあえるのだろう。

私と由紀さんも目を合わせて軽く会釈をする。

「では、選ばれた斗真さんご登場をお願いします」

司会者の声が聞こえ、斗真さんはスーツを整えなおすと私のドレスを確認し始めた。

「行くぞ」

「え？　私もですか⁉」

「妻なんだから当たり前だろ」

斗真さんは戸惑う私の腕をつかんで強引に引っ張る。

私は斗真さんに連れられて舞台に上がり、斗真さんは中央に置いてあるマイクを手に取った。私は斗真さんの半歩後ろに立つ。

おじいさんとお父さんが舞台の後ろで座って私たちを見守っている。

「まずは選んでくれた会長と社長にこの場をお借りしてお礼を言わせてください。このたびは跡取りに選んでくれてありがとうございます」

客席には大勢の人が座っていて、斗真さんが言葉を発すると盛大な拍手が送られた。

「幼いときから自分が恵まれた環境で生活していると感じていたのですが、跡取りに選ばれたいという思いを強く感じるようになったのは小学校高学年くらいだったと思います」

斗真さんはそこから跡取りに対する熱い思いを語り始めた――。

経営を学ぶために大学受験、大学在学中での起業、都市開発計画の進行……数々の努力をしてきた。

「しかし、努力したのは僕だけではありません。弟の蓮が頑張っていたのもよく知っています。ライバルとはいえたったひとりの兄弟で大事な弟です」

「自分が選ばれたからには、蓮の分までこの峯島財閥をもっと発展させるために努力していくことをここに誓います」

「そして、僕と同じように努力した蓮にも拍手をお願いします」と斗真さんが口にすると、舞台袖にいる蓮さんが静かに涙を流していた。

斗真さんのときと同様に盛大な拍手が送られる。

「最後に、僕を一番そばで支えてくれた人にお礼を言わせてください」

斗真さんはそう言ってゆっくりと私のほうに体の向きを変える。

心臓が大きな音を立ててドクンと鳴る――。

「周りへの気遣いや人を信じる大切さを教えてくれたのは妻で。そのおかげで僕は仕事でもプライベートでも考え方が変わりました」

私も斗真さんと出会ってから考え方が変わった。

もっと自分を褒めて労わってあげようと思えたし、今まで通り周りの人の幸せはもちろん……自分の幸せも願えるようになった。

「器用ではない僕に文句も言わずについてきて支えてくれた妻の美鈴には一番感謝しています」

こんな大勢が見ている中で発した言葉は取り返しがつかなくなるかもしれないのに、斗真さんはウソ偽りないまっすぐな瞳で私のことを見つめてくる。

斗真さんの温かい気持ちが直接伝わってくる。

涙をこらえようと天井を見上げるが、すでに涙が頬を伝っていた——。

「改めて結婚してくれてありがとう。これからもずっと僕のそばにいてください」

まるでプロポーズのような言葉に、目頭がもっと熱くなる。

出会った日、契約結婚を提案され日、すれ違っていた同棲生活、斗真さんの優しさに触れてだんだんと惹かれていったあのころ。

斗真さんと過ごした時間が一気に頭の中を駆け巡る。

一緒に過ごした時間は短いけど、いろんなことがあった。

お互いにいいところも悪いところも知って距離を縮めることができたと思う。

そんな日々をこれからも一緒に過ごせるという事実が夢のようでもあるけど、純粋に斗真さんと同じ人生を歩める事実が幸せで仕方ない。

「こちらこそよろしくお願いします。これからもずっと私のそばにいてください」

斗真さんに向かって私はすべての愛を声に乗せた。

斗真さんの腕が伸びてきて、気がついたら斗真さんの腕の中にすっぽりと収まっていた。

鳴りやまない拍手の中、斗真さんと私は客席に向かって頭を下げて舞台を降りた。

そのあとすぐにお披露目会は終了し、私たちは控室へと向かった。

斗真さんのおじいさんとお父さんが控室に来てくれたので改めてお礼を伝えると、「斗真の奥さんが美鈴さんでよかったよ」とおじいさんに言われて泣きそうになってしまった。

今日の涙腺は弱くなっているから気を抜くと涙が出そうになる。

「このあとはふたりでここでゆっくり休むといい」

「ありがとうございます」

四人で数分話したあと、斗真さんのお父さんとおじいさんは控室を出ていった。実は、私たちはこのままお披露目会が行われたホテルに泊まる。

最上階にあるスイートルームに案内され、部屋の中の広さと高級感溢れるインテリアに圧倒された。

大きな窓一面からはきれいに輝く夜景が一望でき——時間が経つのも忘れてその景色に目を奪われていた。

「美鈴のおかげで無事に今日を迎えられた。心の底から感謝している」

「斗真さんの努力の結果ですよ。跡取りに選ばれてよかったですね」

続けて「おめでとうございます」と言うと、斗真さんは「お互いに称えあおう」と六人ほどが座れそうな長いソファに深く腰かけた。

「……そういえば、舞台に連れていかれたときビックリしましたよ」

私も斗真さんのとなりに腰を下ろす。

「予想してると思っていた」

「まさか！　あんな……プロポーズみたいな言葉、ずるいです……」

「大勢の前で嫌だったか？」

「嫌なわけありません！　すごく嬉しかったです」

「始まりがあんな感じだったから、改めて美鈴に気持ちを伝えたかったんだ」

「生きてきた中で一番幸せな瞬間でした」

斗真さんの手が私の頬を優しく撫でたあと、顔が近づいてきて直前で止まる。

キスをするのかと思って身構える私を見て斗真さんはフッと笑い——そっと私に口

づけた。

「その一番の幸せを更新しようか」

「え……？」

「結婚式をしよう」

今日はサプライズをする日だと定められているのかと勘違いするほど、次から次へと驚きが襲いかかってくる。

「どうする？」

「もちろんしたいです……！」

私は「ありがとうございます！」と斗真さんに思いきり抱きつく。斗真さんは私の背中に腕を回してギュッと抱きしめた。

「まずは次の休みの日に式場を見学しに行くか」

「はい……！」

契約結婚から始まったのもあって結婚式はあげないんだろうと思っていたから、予想をいい意味で裏切られて心の底から嬉しい。

式場やウエディングドレス、どんな結婚式プランにするのか悩みは尽きないだろうけど……楽しみで仕方ない。

「やっと本当の夫婦になれますね」

斗真さんは私を抱きしめたまま、片方の手で私の頭を優しく撫でた。

斗真さんの手が緩んだので私と斗真さんの体は少し離れるが、ふたりの視線が交わり——この空間だけときが止まったように感じられた。

頭を撫でる手は私の頬に移動し、斗真さんが触れたところに意識が集中する。

「恋愛する気がなくて、誰かと一緒に支え合いながら人生を歩んでいくとは思っていなかった。だけど、今はそう思わない」

私を見つめる斗真さんの瞳が優しい。

「美鈴と出会う前どう過ごしていたか忘れた。美鈴がいない人生は……考えられない」

出会ってから最近まで偽りの関係だったけど、ようやくお互いの気持ちを知り本当の夫婦になれたのは……私も斗真さんも素直になれたからだと思う。

「私も斗真さんがいない人生は考えられません」

斗真さんの顔がゆっくりと近づいてきて、そっと私の唇にキスを落とす。

唇が重なるたびに、斗真さんのことがもっと好きになる。

私も自分から斗真さんにキスをして、言葉にできない想いを表した。

——もっと触れたい。

無意識にそんなことを思っていて、鼓動が速くなっているのを感じる。

「んん……っ」

キスが深くなり、斗真さんが角度を変えるので唇をまるで食べられている感覚がする。

だんだんと息が苦しくなり、私は斗真さんのシャツをギュッとつかんだ。

「美鈴、かわいい」

強引に斗真さんの舌が侵入してきて私の口の中をゆっくりと撫でるように動く。

刺激が強くて、きっといつになってもこのキスに慣れることはない……。

頑張って鼻で酸素を取り入れるが上手くいかず、口で呼吸をしてしまうので全然息が吸えなくて呼吸が乱れていく。

「待って……くださ……っ」

「もうやめとくか」

「……そういうわけじゃ……っ」

私がそう返すと、斗真さんはドレスの上から私の背中をなぞってきた。

「ひゃ……っ」

思わず声が漏れてしまい、顔が赤くなるのが分かる。

斗真さんは私の耳元で「そろそろ脱がしてもいい？」と囁く。

その甘く低い声に抗えるわけがない——。

私が静かにうなずくと、斗真さんは私を持ち上げてお姫さま抱っこで奥の部屋へと連れていった。

まさしくお姫様のようにベッドに優しく寝かされ、その上に斗真さんが覆いかぶさってくる。

「寒くないか？」

「大丈夫ですよ」

しかし、その返事とは裏腹にくしゃみが出てしまった。でも、本当に寒いわけではない。

「エアコン見てくる」

そう言って斗真さんが離れようとするので——私は無意識に斗真さんの腕をつかみ動きを阻止した。

「行かないでください……」

斗真さんは「そんなに俺と離れたくないのか？」と口にする。

「離れたくないです」

私の言葉に、斗真さんの視線が熱を帯びていくのが分かった。

そしてもう一度私の上に来て、斗真さんはひとつに結んでいた私の髪の毛を簡単にほどいた。

「歯止め効かなくなるからあんまり煽るなよ」

そう言って唇を塞がれ——舌で唇を開けられてしまい、その隙間から斗真さんの舌が侵入してきた。

口の中で動くそれは私の舌を逃がしてはくれなくて、いつもよりも強引で激しい。

「と、まさ、ん……っ」

少しはキスも慣れてきたと思っていたけど、全然慣れていなかった。

唇を塞がれながら斗真さんの長い指が私の耳をゆっくりと撫でるので、甘い声が漏れ体も反応してしまう。

「耳好きだよな」

「……言わないでください……っ」

「その顔が見たいからたくさん言うよ」

「どんな顔ですか……やあ……っ」

今度は斗真さんの手が無防備な太ももを撫でる。くすぐったさと熱っぽさで全身に力が入ってしまう。

「そこは……待って、くださ……っ」

再びキスをされ上手く話せない。

「最後までするんだろ？　ここで無理ならやめたほうがいい」

「そうじゃなくて、その、まずは服の上から……とか……」

まだ布が一枚あったほうが刺激が少ないのでないかと思ってそう言ったのだが——。

結局斗真さんに触れられると体全体が熱くなって、口からは自分の声じゃないような甘い声が漏れてしまう。

初めてじゃないのに、ドキドキが抑えられない。

それからどれくらい甘い刺激を与えられ続けたのか分からないけど、一旦斗真さんが手を離してくれたころには溶けてなくなってしまったのではないかというほど体温が上がっていた。

息は乱れ、無意識に吐息が漏れる。

「もうこの先は手加減できない。今ならやめられるけどどうする」

私のことを見る斗真さんの熱っぽい視線が心をギュッとつかんで離さない。

強引に見せかけて、こんなときまでやっぱり優しい斗真さん。

もっともっと好きになってしまう……触れたいと、触れてほしいと思ってしまう。

自分がこんなに欲深い人間だったなんて思いもしなかった。

「斗真さん大好きです」

「ああ、俺も好きだよ」

「……もう止めないでください」

ふり絞って出した吐息のような声。

斗真さんは「なるべく優しくする」と耳元で囁いたあと——私のドレスを丁寧に脱がした。

それからのことは……正直あまり覚えていない。

きっと私にとって想像よりもはるかに刺激が強くて思考も追いついていなかったのだと思う。

だけど、斗真さんが口にする甘い言葉だけは鮮明に覚えていて——頭の中に残っている。

心と体で繋がり、私たちの想いがさらに通じ合った気がする。

好きすぎて言葉だけじゃ足りない……心をくっつけたいと思った。そんな風に思ったのは初めてだ。

斗真さんも全力で愛を伝えてくれたからこそ、今はものすごく愛を感じて、さらに好きになった。

「体、辛くないか？」

ふたりで布団の中でくっつきながらお互いを見つめる。

「大丈夫ですよ。あ、ちょっと腰が痛いかもしれないです……」

「悪い。なるべく優しくしたつもりだったんだけど……」

「……今度からはもう少しお手柔らかにお願いします」

「努力はする」

お互いの気持ちを知らなかったころに跡継ぎを儲けるための一夜を過ごしたことがある。

あのときも斗真さんは優しかったが、今とは心情が違いすぎて同じ行為なのにこんなにも幸福度が違うのかと思い知らされた。

エピローグ

ずっと気になっていた斗真さんが後継者に選ばれた理由は後日知る。

後継者お披露目会から三日後——斗真さんのお父さんが突然斗真さんの会社を訪ねてきた。

私は仕事でその場にいなかったので、家に帰ってから斗真さんに話を聞いた。

なぜ訪ねてきたのかというと、斗真さんが後継者に選ばれた理由を説明するため。

大勢の人がいるお披露目会やライバルの蓮さんがいる前では話せないので、わざわざ会社まで足を運んでくれたらしい。

蓮さんも婚約者を見つけて順調だったので最近まで接戦だったらしいが、新規事業があまり軌道に乗らず足踏み状態だった。

そんなときに斗真さんの都市開発が一気に進んだことで、斗真さんが跡取りに選ばれたのだと。

斗真さんの頑張りや本質的な部分が認められた感じがして、すごく嬉しかった。

式場選びは三つの式場を見学して割とすぐ決定した。決め手は開放感のあるテラス。

晴れていたら参列者と一緒に全員で写真を撮ってもらえるらしい。

式場が無事に決まったので、次は日程や結婚式プランを決めていく。

日程は三ヶ月後の六月でジューンブライドだ。

結婚式プランについては、斗真さんも一緒に考えてくれたけど基本的に私の意見を尊重してくれて、助け舟を求めると意見を出してくれる形で進んでいった。

まったく関わらないというわけではなく、斗真さんも結婚式を楽しみにしてくれているのが伝わったからすごく準備期間が楽しかった。

結婚式の前にウエディングフォトを撮ってもらい、斗真さんはその写真を見た瞬間……。

「部屋に飾ろうかな」

あまりにも斗真さんらしくないので驚きを隠せなかった。

落ちついたトーンで話すから、冗談なのか冗談じゃないのか分かりにくい。

でも、それだけ斗真さんも幸せを感じてくれているんだよね。

そして迎えた結婚式当日――。
大きなトラブルもなく、無事にこの日を迎えられた。

ドレスに着替えてヘアセットも完了し、いよいよドレス姿を斗真さんへ見せる瞬間が来た。閉まっていたカーテンがゆっくりと開かれる。

――すると、目の前には大きなバラの花束を抱えた斗真さんが立っていた。

突然のできごとに頭が真っ白になる。

「え……？」

「これから先どんなことがあっても、ふたりで乗り越えていこう」

「うう……っ」

「美鈴、俺と結婚してくれてありがとう」

花束を渡された私は、「斗真さん、大好きです――……」と泣きながら斗真さんに近寄った。

ヘアメイクをしてくれたスタッフの人たちに「メイクが崩れてしまうのでそれ以上は……っ」と止められてしまう。

斗真さんはそんな間抜けな私を見て目じりにしわを作る。

それから私の耳元に顔を近づけてきて――。

「これが終わったらいくらでもイチャイチャできるから」

私にしか聞こえないような小さな声で話すので、今度は体温が上がってしまった。

式の前から斗真さんに幸せをもらい、私はドキドキしながら式場へと向かった。

父と歩くヴァージンロード。

いつも凛《りん》としている父の手が少し震えていたのに私は気づいていた。

お互いの両親や親戚、友達に職場の人、斗真さん側には峯島財閥関係者の方も大勢来てくれたので想像していた結婚式よりも数十倍も大きな規模で圧倒される。

それでも、斗真さんは相変わらず冷静で落ちついているので、それにすごく救われた。

みんなの前で愛を誓い、指輪の交換をする。

指輪には重みが感じられて、この瞬間こそ〝斗真さんと結婚したんだ〟と実感が湧いてきた。

父と母、直輝にも花嫁姿を見せることができた。ドレス姿の私を見て涙を流す母に、やっと親孝行ができた気持ちでいっぱいになった。

披露宴ではケーキカットや余興、友人代表で寧々がスピーチ、最後に私から両親へ手紙を読んだ。

たくさん笑ってたくさん涙を流した最高な結婚式だった。

二次会は行わず、結婚式のあとは家に帰る——のではなく。
斗真さんが予約してくれた高級旅館に行くことに。
温泉街の中にあり、ふたり水入らずで楽しみたいので斗真さんの運転で向かった。
一時間ほどで到着し、さっそく部屋へと案内される。
今日泊まるのは……最上階にある一番奥の広い部屋。
部屋の扉を開けた瞬間飛び込んできた景色があまりにも異次元で、説明がなくても
ここはスイートルームだと確信した。
部屋に入るとまず子どもならかけっこができそうなほど広いリビングが目に入って
きて、その奥には露天風呂が見えた。
全体的に和モダンなデザインで落ちつく空間なので、今日のように疲れた日には
ぴったりな部屋だと思う。
こんなに高そうな旅館に泊まるのが初めてなのでソワソワしてしまい、部屋の入り
口から動けない。
「どうした？」
「こんな広い部屋に泊まるのが初めてなので困惑してしまって……」
「俺もない」

「斗真さんもないんですか？」

峯島財閥の経済力からしたらこういう高級旅館に泊まるのは当たり前だと思っていたけど、どうやら違うらしい。

「幼いころに何度か旅行はしたことがあるが、小学生になってからは家族で旅行に来たことがない」

そうか。今のお母さんと再婚してからは、お母さんに心をなかなか開けずおばあさんの家によく泊まっていたんだよね。

お父さんは仕事が忙しくて旅行に来られる時間がなかったのかもしれない。

「じゃあ、ふたりとも初めて記念日ですね」

「そうだな」

高級旅館に泊まれるのもすごいけど、なにより大事なのは誰と旅行に来たか……。

「斗真さんと来られてよかったです」

「俺も。今日は楽しもうな」

せっかく斗真さんと旅行に来られたんだから、楽しまなきゃ……！

この旅館は温泉の種類が豊富で有名なので、私たちはそれぞれ男女に別れて温泉を楽しんだ。

時間を気にせずいろんな温泉に浸かっていると自然と癒される。ここまでリラックス効果があるとは思わなかった。

十分に温泉を楽しんだ私は髪を乾かして女湯を出た。

――すると、先に出て待っていた斗真さんがきれいな女性たちに囲まれているのを目にした。

「斗真さん、お待たせしましたっ」

あからさまにヤキモチを妬いた私は、斗真さんの腕を引っ張って女性たちから斗真さんを遠ざけた。

私は斗真さんの腕をつかんだまま、ふたりで部屋に戻る。

「なにを話してたんですか？」

「なにも話してない。もしかして……妬いてるのか？」

私は素直に「そりゃあ、妬きますよ」と答えた。

「話しかけられただけで無視してたよ」

「分かってますけど、いい気はしないです……」

これだけかっこよければ他の女性に話しかけられるのは仕方がないのかもしれないけど、できれば私だけを見ていてほしい……。そう思うのは、ワガママなのかな。

「妬いている顔もかわいいからそのままでもいいけど」

「ちょっと……！　ご機嫌取ろうとしてくださいよ～」

「じゃあ、しない」

部屋に行くまでの道でふざけあう。

こんな風に斗真さんと冗談を言いあったり、ヤキモチを妬いたことを話したりする日が来るなんて思わなかった。

部屋に戻ると食事の用意がされていた。

お刺身、季節の野菜の前菜、天ぷら、ステーキ、デザートのプリンと地元の食材を使って作られた料理たちが並べられていた。

どの料理も美味しくて、結婚式で時間がなく全然食べられなかったのであっという間に完食。

少し休憩して、部屋についている露天風呂に入ろうとなった。

「見ないでくださいね」

「分かった」

斗真さんには先に入ってもらい、私は体に白いタオルを巻いて斗真さんのとなりにゆっくりと入る。

「……いいですよ」

斗真さんは目を開けると、「疲れが一気に取れるな」と両手を広げたあと天を仰ぐ。

長方形の露天風呂は周りが竹の柵と草木で囲まれていて、上にはないもないので空を一望できる。

灯りが少ないため小さな星たちの輝きがよく見えるので、それを見ているだけでも心が癒されていく。

しかし、露天風呂は大人がふたり入ってちょうどいい大きさで、となりにはなにも身にまとっていない斗真さんが座っている。その事実がどうしても私の心をかき乱す。

肩や腕が触れそうで触れないからこそ、逆に斗真さんを意識してしまう。

斗真さんは私の右側にいるので、私の意識は右側に集中している。

斗真さんは目をつぶって露天風呂をしっかりと堪能しているというのに、私はドキドキしていない……。

「どうした、のぼせた？」

「大丈夫ですよ……！」

「そうか？　なんか顔が赤いけど」

斗真さんは体を私のほうに向けて私の頬に触れる。

決してのぼせているわけじゃない。

だけど、さらに距離が近くなって頬に触れられたので……本当にのぼせてしまうかもしれない。

「大丈夫か？　夜ご飯で軽く飲んだお酒が回ったんじゃないか？」

「一杯しか飲んでないので違いますよ」

「平気なのか確かめるからこっち向いて」

斗真さんの目を見ることができず、私はさっきから自分の体に巻き付いているタオルしか見ていない。

「どうですか？　なんでもないですよね？」

勇気をふり絞って顔を上げると、目の前には斗真さんの顔があり視線が交じり合う。

「俺の勘違いだったな、悪い」

そう言って斗真さんは私の頬から手を離し、私と少し離れて座りなおした。

「そろそろ上がろうか」

斗真さんは腰にタオルを巻いてひとり先に上がった。

私もあとに続いてお風呂を出て、部屋に用意されていた浴衣に袖を通した。

斗真さんは浴衣も似合い、思わず見とれてしまう。

「浴衣かわいいな。夏になったら花火大会や祭りに行こうか」

「行きたいです！」

「いろんなところに行こう」

斗真さんとどんなところに行ったら楽しいか考えただけでもワクワクする。

想像するだけで、夫婦としてこれからずっと一緒に人生を歩んでいくのだと実感する。

ひとつのベッドでひとつの布団にくるまるふたり。

「海がきれいなところも行ってみたいです」

「海外もありだな。仕事が落ちついたら新婚旅行で行こう」

「嬉しい！」

私は喜びを表現して斗真さんに思いきり抱きついた。

布団の中で密着……。自分でしておいて鼓動が分かりやすく速くなっていく。

ゆっくりと斗真さんから離れようとすると……斗真さんの腕が私の腰に回って再び体が密着する。

「そっちから近づいておいて、逃げられると思ったのか？」

「だって、なんか恥ずかしくて……」

「だから体が熱いのか」

「これはさっきまで温泉に入っていたからですよっ」

必死に訂正する私を見下ろす斗真さんの視線が熱を帯びていく。

「なら、もっと熱くさせていい？」

「……ん……っ」

斗真さんは優しいキスを私に落とす。

まるで触れるたびに好きだと言われているよう……。

「斗真さんも熱いですよ……」

てっきり私の真似をして温泉のせいにするのかと思っていると――。

「美鈴のせいだよ」

斗真さんは小さく笑いながらそう言って、私の頬を軽くつまむ。

素直な斗真さんが愛しくて、私は頬に触れる手に自分の手を重ねた。

見つめあいながら笑うそんな瞬間が幸せで――宝物のような時間。

偽りの関係から始まり、恋が芽生えてもずっと心の奥底にしまい込んでいた想い。

お互いのことを知って少し近づいたと思ったら、またすれ違う日々。

だけど、いろんなことをふたりで経験したからこそ今では信頼できる関係になれた。

まだ知らない斗真さんを知りたいし、私のことも知ってほしい。
――これからもふたりで手を取り合い、支えながら人生を歩んでいきたいと強く思った。

END

あとがき

美甘うさぎと申します。この度は、「生涯、愛さないことを誓います。～溺愛禁止の契約婚のはずが、女嫌い御曹司が甘く迫ってきます～」を最後まで読んでくださりありがとうございます。

「ばにぃ」という名前で野いちご文庫で活動をしていたのですが、心機一転のため昨年改名をしました。

ベリーズ文庫で刊行するのは初めてで、お話を聞いたときは驚きました。正直とても嬉しかったしありがたかったです。

個人的に好んで読む作品はベリーズ文庫のように大人な恋愛の作品が多かったので、実は数年前から挑戦してみたいと思っていました。なかなかタイミングがなくて挑戦できていなかったので、今回このような機会をくださった編集者の方々には感謝の気持ちでいっぱいです。

とはいえ、十五年以上、野いちごで小中高生向けに書いていた私がいきなり大人の恋愛を書くことになり不安がなかったわけではありません。編集者の方々にたくさん助けられながら作業を進めていきました。

　最初にこの話を書こうと思ったきっかけは天邪鬼《あまのじゃく》なヒーローを書きたかったからなのですが、編集者の方と話し合いを重ねる中で天邪鬼なヒーローだと子どもっぽさが強くなってしまうと思い、ヒーローの設定を変えました。大人の男性としての魅力を加えたのですがどうでしたでしょうか。個人的に作品を書くときに気をつけているのは、登場人物たちの成長を書くことです。

　今回の話では、甘えられない性格の美鈴は斗真と出会いだんだんと人に頼る大切さを知る。人を信じられなかった斗真は、素直で正直な美鈴のおかげで人を信じられるようになる。正反対のふたりだからこそ、足りない部分を補って支えあっていく。全体を通してふたりの成長を感じてくれていたら嬉しいです。

　最後に、こうして書籍化することができたのもスターツ出版の方々、編集に携わってくださった方々、いつもそばにいて支えてくれる家族……そして何より、応援してくれるファンの皆さまのおかげです。ありがとうございます。これからもどうぞよろしくお願いいたします。

美甘《みあま》うさぎ

美甘うさぎ先生への
ファンレターのあて先

〒104-0031
東京都中央区京橋1-3-1
八重洲口大栄ビル7F
スターツ出版株式会社　書籍編集部　気付

美甘うさぎ先生

本書へのご意見をお聞かせください

お買い上げいただき、ありがとうございます。
今後の編集の参考にさせていただきますので、
アンケートにお答えいただければ幸いです。

下記URLまたは二次元コードから
アンケートページへお入りください。
https://www.ozmall.co.jp/enquete/IndexTalkappi.aspx?id=2301

ベリーズ文庫

この物語はフィクションであり、
実在の人物・団体等には一切関係ありません。

生涯、愛さないことを誓います。
～溺愛禁止の契約婚のはずが、
女嫌い御曹司が甘く迫ってきます～

2025年3月10日　初版第1刷発行

著　者　美甘うさぎ
©Usagi Miama 2025

発行人　菊地修一

デザイン　hive & co.,ltd.

校　正　株式会社文字工房燦光

発行所　スターツ出版株式会社
〒104-0031
東京都中央区京橋1-3-1　八重洲口大栄ビル7F
TEL　03-6202-0386（出版マーケティンググループ）
TEL　050-5538-5679（書店様向けご注文専用ダイヤル）
URL　https://starts-pub.jp/

印刷所　大日本印刷株式会社

Printed in Japan

乱丁・落丁などの不良品はお取替えいたします。
上記出版マーケティンググループまでお問い合わせください。
定価はカバーに記載されています。

ISBN 978-4-8137-1715-7　C0193

ベリーズ文庫 2025年3月発売

『目を覚ますと初めましての御曹司と婚約してました～君が記憶を失くしても、この愛だけは忘れさせない～』 滝井《たきい》みらん・著

令嬢である葵は同窓会で4年ぶりに大企業の御曹司・京介と再会。ライバルのような関係で素直になれずにいたけれど、実は長年片思いしていた。やはり自分ではダメだと諦め、葵は家業のため見合いに臨む。すると、「彼女は俺のだ」と京介が現れ⁉　強引にニセの婚約者にさせられると、溺愛の日々が始まり⁉

ISBN 978-4-8137-1711-9／定価836円（本体760円＋税10%）

『無口な自衛官パイロットは再会ママとベビーに溺愛急加速中！【自衛官シリーズ】』 惣領《そうりょう》莉沙《りさ》・著

美月はある日、学生時代の元カレで航空自衛官の碧人と再会し一夜を共にする。その後美月は海外で働く予定が、直前で彼との子の妊娠が発覚！　彼に迷惑をかけまいと地方でひとり産み育てていた。しかし、美月の職場に碧人が訪れ、息子の存在まで知られてしまう。碧人は溺愛でふたりを包み込んでいき…！

ISBN978-4-8137-1712-6／定価825円（本体750円＋税10%）

『「完全なる失恋だ」と思っている夫婦ですが、実は相思相愛です！～無愛想な脳外科医はお人好し新妻を放っておけない～』 高田《たかだ》ちさき・著

お人好しなカフェ店員の美与は、旅先で敏腕脳外科医・築に出会う。無愛想だけど頼りになる彼に惹かれていたが、ある日愛なき契約結婚を打診され…。失恋はショックだけどそばにいられるなら――と妻になった美与。片想いの新婚生活が始まるはずが、実は築は求婚した時から滾る溺愛を内に秘めていて…⁉

ISBN 978-4-8137-1713-3／定価825円（本体750円＋税10%）

『いきなり三つ子パパになったのに、エリート外交官は溺愛も抜かりない！』 吉澤《よしざわ》紗矢《さや》・著

花屋店員だった麻衣子。ある日、友人の集まりで外交官・裕斗と出会う。大人な彼と甘く熱い交際に発展。幸せ絶頂にいたが、ある政治家とのトラブルに巻き込まれ、やむなく裕斗の前から去ることに…。数年後、三つ子を育てていたら裕斗の姿が！　「必ず取り戻すと決めていた」一途な情熱愛に捕まって…！

ISBN 978-4-8137-1714-0／定価836円（本体760円＋税10%）

『生涯、愛さないことを誓います。～溺愛禁止の契約婚のはずが、女嫌い御曹司が甘く迫ってきます～』 美甘《みあま》うさぎ・著

父の借金返済のため1日中働き詰めな美鈴。ある日、取り立て屋に絡まれたところを助けてくれたのは峯島財閥の御曹司・斗真だった。美鈴の事情を知った彼は突然、借金の肩代わりと引き換えに"3つの条件アリ"な結婚を提案してきて⁉　ただの契約関係のはずが、斗真の視線は次第に甘い熱を帯びていき…！

ISBN 978-4-8137-1715-7／定価836円（本体760円＋税10%）

ベリーズ文庫 2025年3月発売

『君を愛していいのは俺だけだ～コワモテ救急医は燃える独占欲で譲らない～』葉《は》月《づき》まい・著

図書館司書の菜乃花。ある日、友人の結婚式に出席するが、同じ卓にいた冷徹救命医・颯真と荷物を取り違えて帰宅してしまう。後日落ち合い、以来交流を深めてゆく二人。しかし、颯真の同僚である小児科医・三浦も菜乃花に接近してきて…！「もう待てない」クールなはずの颯真の瞳には熱が灯り…！

ISBN 978-4-8137-1716-4／定価825円（本体750円＋税10%）

ベリーズ文庫with 2025年3月発売

『アラサー速水さんは「好き」がわからない』一ノ《いちの》瀬《せ》千景《ちかげ》・著

アラサーの環は過去の失恋のせいで恋愛に踏み出せない超こじらせ女子。そんなトラウマを植え付けた元凶・高史郎と10年ぶりにまさかの再会!?　医者として働く彼は昔と変わらず偏屈な朴念仁。二度と会いたくないほどだったのに、彼のさりげない優しさや不意打ちの甘い態度に調子が狂わされてばかりで…！

ISBN 978-4-8137-1718-8／定価825円（本体750円＋税10%）

ベリーズ文庫 2025年4月発売予定

Now Printing

『仮面婚～女嫌いパイロットが清廉な堅物女子に落ちるとき』紅《くれない》カオル・著

空港でディスパッチャーとして働く史花。ある日、ひょんなことから男性と顔合わせをすることに。現れたのは同社の女嫌いパイロット・優成だった！　彼は「女性避けがしたい」と契約結婚を提案してきて!?　驚くも、母を安心させたい史花は承諾。冷めた結婚が始まるが、鉄仮面な優成が激愛に目覚めて…!?

ISBN978-4-8137-1724-9／予価814円（本体740円＋税10%）

Now Printing

『その契約(プロポーズ)、お受けします～悪辣外科医に娶られましたが、幸せになってみせます～』伊月《いづき》ジュイ・著

外科部長の父の薦めで璃子はエリート脳外科医・真宙と出会う。優しい彼に惹かれ結婚前提の交際を始めるが、ある日彼の本性を知ってしまい…!?　母の手術をする代わりに真宙に求められたのは契約結婚。悪辣外科医との前途多難な新婚生活と思いきや――「全部俺で埋め尽くす」と溺愛を刻み付けられて!?

ISBN978-4-8137-1725-6／予価814円（本体740円＋税10%）

Now Printing

『タイトル未定(警視正×離婚前提婚)』田崎《たさき》くるみ・著

過去のトラウマで男性恐怖症になってしまった澪は、父の勧めで警視正の壱夜とお見合いをすることに。両親を安心させたい一心で結婚を考える澪に彼が提案したのは「離婚前提の結婚」で…!?　すれ違いの日々が続いていたはずが、カタブツな壱夜はある日を境に澪への愛情が止められなくなり…！

ISBN978-4-8137-1726-3／予価814円（本体740円＋税10%）

Now Printing

『タイトル未定(極氷御曹司×氷の女王×仮面夫婦)』にしのムラサキ・著

名家の娘のため厳しく育てられた三花は、感情を表に出さないことから"氷の女王"と呼ばれている。実家の命で結婚したのは"極氷"と名高い御曹司・宗之。冷徹なふたりは仮面夫婦として生活を続けていくはずだったが――「俺は君を愛してしまった」と宗之の溺愛が爆発！　三花の凍てついた心を溶かし尽くし…

ISBN978-4-8137-1727-0／予価814円（本体740円＋税10%）

Now Printing

『そして俺は、契約妻に恋をする』白亜凛《はくありん》・著

令嬢・香乃子は、外交官・真司と1年限定の政略結婚をすることに。愛なき生活が始まるも、なぜか真司は徐々に甘さを増し香乃子も心を開き始める。ふたりは体を重ねるも、ある日彼には愛する女性がいると知り…。香乃子は真司の前から去るが、妊娠が発覚。数年後、ひとりで子育てしていると真司が現れて…！

ISBN978-4-8137-1728-7／予価814円（本体740円＋税10%）

タイトル、価格等は変更になることがございますのでご了承ください。

ベリーズ文庫 2025年4月発売予定

Now Printing

『タイトル未定(外科医×双子ベビー)』日向野《ひなたの》ジュン・著

日本料理店で働く美尋は客として訪れた貴悠と出会い急接近！ふたりは交際を始めるが、ある日美尋は貴悠に婚約者がいることを知ってしまう。その時既に美尋は貴悠との子を妊娠していた。彼のもとを離れシングルマザーとして過ごしていたところに貴悠が現れ、双子ごと極上の愛で包み込んでいき…！

ISBN978-4-8137-1729-4／予価814円（本体740円＋税10%）

ベリーズ文庫with 2025年4月発売予定

Now Printing

『タイトル未定(バツイチ女子×クセあり年上幼馴染)』白石《しらいし》さよ・著

バツイチになった琴里。両親が留守中の実家に戻ると、なぜか隣に住む年上の堅物幼馴染・孝太郎がいた。昔から苦手意識のある孝太郎との再会に琴里はげんなり。しかしある日、琴里宅が空き巣被害に。恐怖を拭えない琴里に、孝太郎が「しばらくうちに来いよ」と提案してきて…まさかの同居生活が始まり!?

ISBN978-4-8137-1730-0／予価814円（本体740円＋税10%）

Now Printing

『ダメな私でも、好きですか？』朧月《おぼろづき》あき・著

完璧主義なあまり、生きづらさを感じていた鞠乃。そんな時社内で「もさ男」と呼ばれるシステム部の蒼にズボラな姿を見られてしまう！　幻滅されると思いきや、蒼はありのままの自分を受け入れてくれて…。自然体な彼に心をほぐされていく鞠乃。ふたりの距離が縮んだある日、突然彼がそっけなくなって…!?

ISBN978-4-8137-1731-7／予価814円（本体740円＋税10%）

タイトル、価格等は変更になることがございますのでご了承ください。